afgeschreven

Ticket naar Vampierstad

Alle boeken over de Vampierzusjes:

Franziska Gehm

de Vampier zusjes

Ticket naar Vampierstad

vertaald door Leny van Grootel

Uitgeverij Holland - Haarlem

Inhoud

Ludovic Lobond zat in de vertrekhal van vliegveld Bindburg, terminal 2, gate 20 tot en met 35. Zonder koffer, handbagage of tandenborstel. Zonder een extra schone onderbroek. En zelfs zonder vliegticket. Want hij was geen toerist, al zou hij dolgraag ook eens voor zijn plezier op reis willen gaan. Vooral in de winter. Dan stond hij vaak mistroostig naar het grote scherm te kijken, waarop de vertrektijden naar steden als Bangkok, Buenos Aires of Kaapstad voorbij kwamen.

Ludovic Lobond werkte op de luchthaven. Dat kon je zien aan het vliegtuigje op zijn donkerblauwe jasje met het logo: TAROM, Roemeense Luchtvaart Maatschappij. Hij werkte aan incheckbalie nummer 331, samen met zijn lieftallige collega Florentina van nummer 332 en de heel wat minder lieftallige collega Miodrag van nummer 333. Na het inchecken zouden ze de balie sluiten en beginnen met de boarding van de passagiers. Ten slotte zouden ze ook zelf in de Boeing 737 stappen voor de vlucht van 11.35 uur naar Sibiu.

Ludovic woonde niet in Sibiu maar in Boekarest, de hoofdstad van Roemenië. Maar hij vond Sibiu met de vele oude kerken en huizen een prachtige stad. Je had er een mooi theater en een concertzaal. Het oudste museum van Roemenië was er gevestigd en Sibiu had een populaire burgemeester. De stad lag in de Zuidelijke Karpaten aan de oever van de Zibin en...

... midden in Transsylvanië.

Ludovic dook onder de balie. Daar stond zijn beker met karnemelk. Hij nam een flinke slok, kwam weer overeind en veegde met een geroutineerd gebaar het restje karnemelk van zijn snor. Toen trok hij zijn donkerblauwe stropdas recht en perste zijn mond in een glimlach. Zo had hij het op de cursus 'klantvriendelijkheid' geleerd.

Maar hoeveel liever had hij zijn zonnebril, die met het gouden montuur, opgezet, het bovenste knoopje van zijn overhemd losgemaakt en een glas wodka gedronken in plaats van die beker karnemelk. En wat zou hij graag 'Bond' heten in plaats van Lobond, en een beroemd filmster zijn. Maar dat zou wel voor altijd een droom blijven. Net als het luxe motorjacht waar hij nu al twintig jaar voor spaarde.

Maar daar kwamen weer passagiers. Ludovic Lobond bekeek ze met een kennersblik. Het waren geen eenzame backpackers, verliefde paartjes en het was ook geen gewoon gezin. Ze waren met zijn vijven, twee volwassenen en drie meisjes van een jaar of twaalf, dertien. Twee meisjes duwden een kar met een berg koffers. Het derde meisje zat er in kleermakerszit bovenop. Dat meisje had pikzwart haar en een kapsel dat Ludovic nog het meest aan de stekelige massagebal van zijn zus deed denken. Haar lila panty zat vol gaten, haar laarzen leken drie maten te groot en op haar zwarte T-shirt prijkte een knoflookbol met een groot rood kruis erdoor.

Het meisje links achter de kar droeg een leren pilotenmuts, versierd met een geelwitte bloem. Er piepten roodbruine krullen onderuit. Haar lange jurk was ronduit middeleeuws. En haar schoenen waren zo spits, dat Ludovic zich afvroeg of ze daarmee wel door de veiligheidscontrole zou komen.

Het meisje rechts had lang, helblond haar en stralend blauwe ogen. Vergeleken met de andere twee zag ze er vrij normaal uit. Op haar armen na, die met vreemde tekens waren beschilderd. Of getatoeëerd? Ludovic twijfelde. Bij de jeugd van tegenwoordig was alles mogelijk.

'Boi motra,' zei de lange, magere man, die de tweede kar duwde. Hij stak zijn arm uit over de balie en klopte Ludovic twee maal op zijn hoofd.

Ludovic bleef stokstijf zitten en staarde de man aan. Hij gluurde naar links, naar Florentina. En toen naar rechts, naar Miodrag. Maar die waren bezig en hadden zo te zien geen passagiers die kopstoten uitdeelden.

Ludovic Lobond ademde diep door. Ook dat had hij op de cursus klantvriendelijkheid geleerd. Misschien, bedacht Ludovic, waren dit geen gewone passagiers maar geheime inspecteurs, die in opdracht van TAROM de klantvriendelijkheid van het personeel moesten testen. In gedachten herhaalde hij de zin die hem bij de cursus was ingepeperd: 'Een glimlach doet wonderen. Een glimlach doet wonderen.' Hij glimlachte zo breed dat je zijn gouden kies kon zien.

'Dag meneer. Mevrouw.' Hij knikte de mooie dame met haar roodbruine krullen vriendelijk toe. 'Wat kan ik voor u doen?' De vrouw glimlachte en haar nachtblauwe ogen schitterden. 'We vliegen met de vlucht van 11.35 uur naar Sibiu.' Ze schoof vijf tickets en paspoorten over de balie.

De man, met zijn ravenzwarte haar en zijn enorme opgekrulde dropvetersnor, staarde naar de vliegtickets en schudde zijn hoofd. 'Ik snap nog steeds niet waarvoor ik zo'n ticket nodig heb. Ik, Mihai Tepes! Ze lachen me straks allemaal uit,' mompelde hij verstoord.

De vrouw porde hem in zijn zij. 'Mihai, rustig blijven. Je hebt het beloofd. Doe het voor mij.' En iets zachter vervolgde ze: 'Vergeet niet hoe vaak ik met jou heb gevlogen. Nu vlieg je een

keer met mij. Een heel nieuwe ervaring. Je kunt onder het vliegen gewoon slapen, lezen of... naar de wc gaan.'

Mihai Tepes snoof. De dropvetersnor trilde.

Ludovic Lobond gluurde van de vrouw, die volgens haar paspoort Elvira Tepes heette, naar de man.

'Ik wil bij het raam zitten,' zei het blonde meisje. Ze heette Helene Steenbrugge, zag Ludovic.

'En ik in de buurt van de nooduitgang,' zei het meisje met de
pilotenmuts. Zij heette Silvania Tepes.

'Kan ik aan het bagagerek hangen?' vroeg het meisje met het
massagebalkapsel. Dat was Dakaria Tepes. Met één blik op
haar paspoort stelde Ludovic vast dat ze Silvania's tweelingzus moest zijn. Ze waren op dezelfde dag geboren. Overigens
werd ze door de meeste mensen niet Dakaria genoemd, maar
kortweg Daka. Dat kon de man achter de balie natuurlijk niet
weten, dat stond niet in het paspoort.

'Ik ben niet zo veeleisend,' verklaarde Mihai Tepes. 'Reserveer
voor mij maar een plek op de vleugel. En wat de maaltijd betreft, ze kunnen zich hier de moeite besparen. Er vliegt genoeg
voorbij.'

'MIHAI!' Elvira Tepes keek haar man ontzet aan.

'Kan ik beter boven op de neus reserveren?' antwoordde hij in
alle onschuld.

Daka Tepes giechelde. Silvania Tepes rolde met haar ogen en
Helene Steenbrugge keek Mihai met open mond aan.

Ludovic bekeek zijn passagiers met argwanende blik. Eerst
van rechts naar links. Dan van links naar rechts. 'De klant is
koning,' fluisterde hij zachtjes voor zichzelf, want ook dat was
een belangrijke stelregel bij TAROM. Hij kuchte en zei beslist:
'Wij van het TAROM Service Team doen er alles aan om al uw

wensen te vervullen. Een plaats bij het raam,' zei hij terwijl hij zich tot Helene wendde, 'alstublieft.' Hij overhandigde Helene haar boardingpass. 'Een stoel vlak bij de nooduitgang. Geen probleem.' Ludovic reikte ook Silvania haar boardingpass en boog zich toen naar Dakaria. 'In het bagageruim kan ik helaas geen plekje reserveren, dat is echt onmogelijk. Het vracht-ruim is voor passagiers niet toegankelijk. Ik heb hier voor u een stoel aan het gangpad, vlak naast uw vriendin. Dan kunt u af en toe opstaan en in elk geval uw handbagage nakijken.'

Daka nam haar boardingpass in ontvangst, om deze vervol-gens grondig te bestuderen.

Ludovic keek Mihai aan. 'Uw verzoek kan ik helaas niet inwil-ligen, meneer. De richtlijnen van TAROM gaan uit van zit-plaatsen *in* het vliegtuig, niet van plaatsen *bovenop*. Ik hoop dat u daar begrip voor heeft.'

Mihai wilde tegensputteren, maar Elvira kneep hem in zijn arm en schudde haar hoofd.

'En u mevrouw Tepes, hebt u misschien een bijzondere wens?' vroeg Ludovic. 'Ik vervul hem graag, indien mogelijk.'

'Dank u, u bent erg vriendelijk,' antwoordde Elvira. 'Maar ik heb geen voorkeur. Dat wil zeggen, ik wil natuurlijk wel graag naast mijn man zitten.'

Ludovic trok een wenkbrauw op. 'Weet u het zeker?'

Elvira knikte.

Mihai keek de man achter de balie dreigend aan.

Ludovic printte de twee laatste kaarten uit en bood ze me-vrouw Tepes met een gemaakte glimlach aan. Toen viel zijn oog op de koffers. 'Dat is allemaal handbagage?' vroeg hij.

Elvira bekeek de twee volgepakte karretjes en knikte.

'Ik wil niet indiscreet zijn,' verontschuldigde Ludovic zich, 'maar wat is dat?' Hij wees op een kleine grijze doos, die Mihai als een dienblad omhoog hield.

'Een kattenbak,' zei hij.

'Aha,' Ludovic kuchte. 'En waar is de kat?'

'Er is geen kat. Alleen een kattenbak.' Mihai keek erbij of het de gewoonste zaak van de wereld was.

Ludovic Lobond keek hem enkele ogenblikken strak aan. Toen haalde hij haast onmerkbaar zijn schouders op. Sommige mensen gingen op reis met hun geheime liefde, sommige met hun eigen matras en je had er blijkbaar ook die een kattenbak meenamen. Zo was het nu eenmaal. Geen mens was hetzelfde en op iedereen was wel iets aan te merken.

Maar deze meneer Tepes gedroeg zich wel héél eigenaardig. Al was hij dan misschien geen geheime inspecteur, een gewone passagier was hij in ieder geval ook niet.

Ludovic liet zijn gedachten varen en zei: 'Ik wens u allen een prettige vlucht en namens TAROM hartelijk dank voor uw keus voor onze vliegmaatschappij.'

'Maar ik heb helemaal niet voor TAROM...' begon Mihai Tepes, maar zijn vrouw trok hem snel bij de balie weg.

Elvira, Silvania en Daka lachten de man van TAROM vriendelijk toe. En Helene zwaaide ten afscheid.

Ludovic keek het stel na. Hij zou graag even een pauze inlassen. Of tenminste een slok karnemelk drinken. Maar de volgende passagier stond al weer voor de balie.

'Een vlucht naar Transsylvanië, alstublieft.'

Ludovic staarde naar het Bindburger Dagblad. Door de voorpagina waren twee gaten geboord. Daar keken twee ogen doorheen. Ze fonkelden als die van een kat.

'Het moet niet gekker worden,' mompelde Ludovic.

Met een zucht nam hij ticket en paspoort van de man achter de krant aan. Hij sloeg de pas open, las de naam van de eigenaar en zei: 'Vanzelfsprekend meneer Van Kombast. En hebt u nog speciale wensen wat betreft uw zitplaats, misschien?'

Ludovic had gelijk. Mihai Tepes was geen gewone passagier. Maar wat Ludovic niet wist: Mihai Tepes was ook geen gewone mán. Hij was zelfs helemaal geen man. Maar ook geen vrouw. Mihai Sanguro Furio Tepes, 2676 jaar geleden diep in Transsylvanië geboren, was een vampier.

Elvira Tepes was een vrouw. Maar niet zomaar een vrouw, anders was Mihai Tepes nooit verliefd op haar geworden. Haar nachtblauwe ogen, haar roodbruine krullen en haar honingzoete glimlach hadden hem betoverd, veroverd en getemd. Maar dat laatste had misschien meer te maken met de nekkraag die ze zestien jaar geleden tijdens hun eerste ontmoeting in de bossen van Transsylvanië had gedragen.

Silvania en Daka waren een tweeling. Geen gewone tweeling. Ze waren het resultaat van de liefde tussen een vampier en een mens. Halfvampiers dus. Alles wat een vampier kon, konden zij ook. Voor de helft. Daarom waren ze maar half zo gevoelig voor daglicht. En maar half zo bloeddorstig. Ze konden ook zonder vers bloed leven. Wel zo praktisch als je in een gewoon mensenland leefde. Dat was namelijk al een paar weken het geval. Nadat ze twaalf jaar lang temidden van de vampiers in Bistrië (dat ligt in Transsylvanië) hadden gewoond, waren ze met hun ouders naar Bindburg verhuisd. Omdat hun moeder Elvira stierf van heimwee naar haar vaderland. Papa Mihai had er alle begrip voor. Hij hield zelf heel erg van Transsylvanië, zíjn vaderland. Maar hij hield nog meer van zijn vrouw. En dus was de familie naar Bindburg vertrokken.

Dat kon Ludovic allemaal niet weten. Hij wist ook niet dat de kattenbak vol zat met Transsylvaanse aarde. Een vampier moet die aarde altijd binnen handbereik hebben. En hij wist ook niet dat de kopstoot, oftewel de KNOK, waarmee meneer Tepes hem begroet had, in Bistrië de normale manier van groeten was.

Bistrië was een onderaardse stad. De bewoners leidden daar een heel normaal leven. Ze werkten, shopten, maakten ruzie, verzoenden zich weer, keken ernstig of vrolijk, aten, sliepen en droomden. Sommigen peuterden stiekem in hun neus. Er waren leraren, slagers, muzikanten, buschauffeurs, journalisten, verkopers, sporters, oplichters en politici. Net als in zoveel andere steden. Toch was er één ding anders. In Bistrië woonden geen mensen, alleen vampiers.

In die onderaardse stad wilde de familie Tepes de herfstvakantie doorbrengen. Dat alleen al was een feestje waard, vond Mihai. Eindelijk zou hij weer zijn eigen geboortegrond onder zijn voeten voelen. Eindelijk zou hij zijn broer terugzien. Maar er was ook nog een officiële feestdag in Bistrië. De Vampier Nationale Feestnacht. Dat was het grootste, verschrikkelijkste, bloedigste, verderfelijkste en mooiste feest dat bestond. Volgens vampiers dan. Daka en Silvania vonden de Nationale Feestnacht leuker dan kerstmis, pasen, carnaval, halloween, sinterklaas, de dag van de bloedworst en oudejaarsavond samen!

Daka en Silvania hadden Helene al heel vaak over de Nationale Feestnacht verteld. Helene was hun beste vriendin. Hun eerste echte mensenvriendin. Die kreeg nooit genoeg van hun verhalen. 'Ohhh!' riep ze dan en 'Ahhh!' Of ze fluisterde: ''t Is niet waar!' Ze kon zich de dingen die ze hoorde nauwelijks voorstellen. En daarom wilde ze dat grootste, verschrikkelijkste, wildste, bloedigste, verderfelijkste en mooiste feest vast en zeker meemaken. Maar dan zou ze dus mee moeten naar Bistrië.

Voor haar vader was dat allemaal niet zo duidelijk. Die was niet zo vlug van begrip. Elvira Tepes hielp hem een handje. Zij had onder zijn tandartspraktijk een winkeltje gehuurd. Daar verkocht ze poepdure wc-brillen met een hoog kunstgehalte. Zij sprak met dokter Steenbrugge. Na twee kopjes kruidenthee was ook hij ervan overtuigd dat Roemenië een prachtig land was. Na een kop zwarte thee met een scheutje rum vond hij dat je Transsylvanië beslist moest hebben gezien. En na twee glazen witte wijn kwam hij tot de conclusie dat hij zijn dochter alle vertrouwen moest schenken en haar met de familie Tepes mee moest laten reizen. Op die wijze beslissing dronken ze nog een glaasje.

De vampierzusjes knuffelden hun moeder bijna dood. Zij had het toch maar voor elkaar gekregen. Hun beste vriendin mocht mee naar Bistrië! Daka vloog van puur geluk drie loopings door de kamer. Silvania maakte drie Saikatosprongen. De kast in de kamer viel bijna om. Elvira Tepes lachte wat zenuwachtig. Want ze was er toch niet helemaal gerust op: Helene bij al die vampiers. Een mensenmeisje! Met een tere huid. En met wel drie-en-een-halve liter bloed. Een heerlijke maaltijd voor een hongerige vampier. Maar Elvira wist ook hoeveel de vriendschap met Helene voor de tweeling betekende. Ze begreep heel goed dat ze Helene hún vaderland wilden laten zien. En ook dat Helene erg nieuwsgierig was naar de onderaardse vampierstad. Wat ze wel verontrustend vond... dat Helene totaal geen angst scheen te kennen. Soms was het namelijk beter om een beetje angstig te zijn. Angst maakt waakzaam. Ze zouden met zijn allen op hun hoede moeten zijn en Helene geen moment alleen mogen laten in Bistrië. Opdat haar niets zou overkomen.

En zo zat de familie Tepes op die dag samen met Helene op vliegveld Bindburg bij gate 29 op het vertrek van de Boeing 737 van TAROM te wachten. Silvania had haar benen over elkaar geslagen en was verdiept in een dik, oud boek. Afgaand op haar gezicht, dreigde de heldin al bijna op de verkeerde verliefd te worden. Helene lág meer dan ze zat en speelde spinnenjacht op haar iPhone. Daka kroop op handen en voeten over de vloer. Ze had ergens onder een stoel een kever ontdekt. Die zag er niet al te smakelijk meer uit. Maar wie weet wat ze in het vliegtuig te eten kregen. Vastbesloten stak Daka de kever in haar mond. Hij was nog knapperig.

Elvira las het Bindburger Dagblad. Af en toe keek ze naar haar man. Die stond voor de grote glazen pui en staarde naar de vliegtuigen. Hij had zijn broekspijpen opgestroopt en stond met blote voeten in de kattenbak. Hij liet zijn tenen bewegen. En om de paar seconden sloeg hij met zijn voorhoofd tegen het raam en mompelde in zichzelf.

Mihai verheugde zich op zijn vaderland. Heel erg zelfs. Eindelijk zou hij weer met zijn broer Vlad door de dichte bossen zwerven, eindelijk zou hij weer een lauwwarm glas bloed in de stad kunnen gaan drinken, eindelijk zou hij weer een behoorlijke bloedzuiger-renwedstrijd kunnen zien. Maar daarvoor moest hij dus in zo'n ijzeren vogel zitten, zich in een veel te krappe stoel wurmen en zich met een veiligheidsriem om door mensen naar zijn vaderland laten vliegen. Door mensen die, zoals iedere vampier wist, toch helemaal niet kónden vliegen. Mihai sloeg zijn hoofd weer tegen het raam. Hij kon het niet bevatten. Het liefst zou hij de startbaan op gaan, een aanloop nemen, zijn armen uitslaan en opstijgen. Dan konden die lui in de verkeerstoren eens een keer zien hoe dat echt moet. Maar Mihai mocht niet opstijgen. Hij had een vliegverbod. En dat was hem niet opgelegd door de verkeerstoren, maar door een veel hogere instantie: zijn vrouw. Zij wilde per se dat ze samen naar Transsylvanië zouden vliegen. Met het vliegtuig. En ze had het voor elkaar gekregen. Enkel en alleen door met haar nachtblauwe ogen hem diep en innig verliefd aan te kijken. Op zo'n moment was hij machteloos. Die blik was louter toneel, dat wist hij heus wel. Maar o zo mooi.

Ludovic Lobond stond nu bij de ingang van de slurf naar het vliegtuig en riep de passagiers op om aan boord te gaan. Hij wist niets van Mihais vliegverbod, van Elvira's magische blik of hun eigenlijke reisdoel. Hij wist wel hoe je boardingpassen moest afscheuren. Meer was op dat moment ook niet nodig.

Wat de familie Tepes niet wist... ze waren niet de enige passagiers uit de Lindenstraat in Bindburg. Er was iemand die hen volgde. Die als een schaduw aan hen bleef plakken, maar die zelf onzichtbaar bleef. Zijn camouflage was uitgekookt, zijn verstand en zijn waakzaamheid stonden op scherp. Hij zou ze meedogenloos vervolgen, die vampiers, hij zou ze opjagen en dan korte metten met ze maken. Maar de Tepes, inclusief Helene, wisten van dat alles minder dan een knoflookteen.

Ludovic Lobond scheurde de boardingpassen van de laatste passagiers af. Toen sloot hij de gate. Hij trok de mouwen van zijn donkerblauwe jasje naar beneden en speelde met de gedachte zijn kraag op te zetten. Met verende tred liep hij opgewekt de slurf door. Hij fantaseerde dat hij op missie moest in dienst van de een of andere majesteit. Maar zodra hij aan boord was van de Boeing 737, werd die droom wreed verstoord. Hij was in dienst van TAROM. En zijn missie: zakdoekjes ronddelen en sinaasappelsap schenken.

Dirk van Kombast was de douane bij de aankomsthal van vliegveld Sibiu gepasseerd. Hij zette de grote zonnebril, die hij bij de paspoortcontrole had afgezet, weer op. Hij verstopte zich, met zijn gouden rolkoffer, snel achter een witte pilaar. Voorzichtig gluurde hij om de pilaar heen. Je zag alleen het zongebruinde puntje van zijn neus, de rand van de zonnebril en een stukje van de dikke, grijze pilotenmuts.

Daar, slechts een paar meter bij hem vandaan vlak bij de uitgang, stonden ze: de Tepes. Zijn buren. De oorzaak van zijn slapeloze nachten, de reden van zijn bezoek aan het Anti Vampier Congres en de schuld van de diarree die hem een week lang had geteisterd. Daar dacht Dirk niet graag aan terug.

Maar nu was de tijd rijp voor eeuwige wraak. Hij voelde het. Zijn welgevormde oorlelletjes gloeiden van voorpret. Hier in Transsylvanië, in het hol van de leeuw, zou hij de vampiers ontmaskeren. Hij zou bewijzen dat ze bestonden. De hele wereld zou het weten. De tijd van de vampiers was voorbij. Niemand zou nog van die bloeddorstige monsters te lijden hebben. Niemand zou nog aan hen ten prooi vallen. Dirk van Kombast zou die vampiers vernietigen. Voor eeuwig en altijd. Ze hadden zijn moeder tot waanzin gedreven. Ze hadden zijn familie kapot gemaakt. En daar zouden ze voor boeten.

Tot op dat moment had Dirk van Kombast een onopvallend leven geleid. Hij was vertegenwoordiger in medische artikelen. En hij zag er goed uit: de verpleegsters en de vrouwelijke artsen waren allemaal verliefd op hem. Sommige mannelijke verpleegkundigen en artsen ook trouwens. Hij woonde met zijn zilverkleurige sportwagen, zijn waterbed en zijn fluwelen pantoffels in een woonwijk aan de noordrand van Bindburg. Als hij niet met dokter Boon squashte, boodschappen deed in de biologische supermarkt of in een tijdschrift over fitness bladerde, hield hij zich bezig met zijn geheime hobby: de vampierjacht.

Toen de nieuwe buren uit Roemenië naast hem waren komen wonen, was voor Dirk van Kombast het jachtseizoen geopend. Op het Anti Vampier Congres had hij afluisterapparatuur aangeschaft en zijn verdachte buren afgeluisterd. Toen wist hij het zeker: Mihai Tepes was een bloeddorstig vampier van de ergste soort. Zijn dochters kwaadaardige halfvampiers van de ergste soort. En Elvira Tepes een vampierliefhebber van de ergste soort.

Met behulp van zijn afluisterapparatuur kwam hij er achter dat de familie Tepes bezig was een reis naar hun duistere vaderland te plannen. Hij had geen moment geaarzeld en een ticket gekocht, een huurauto besteld en een legertent aangeschaft. Hij was bewapend tegen alles wat hij in het Transsylvaanse woud kon tegenkomen.

Nu zag hij hoe een graatmagere, lange man de aankomsthal binnenkwam. De man had dik bruin haar dat strak als een helm om zijn hoofd sloot. Hij droeg een lorgnet voor zijn rechteroog en spitse lakschoenen. Hij omarmde Mihai Tepes en tilde hem daarbij een stukje van de vloer.

'Geweldig!' Dirk van Kombast wreef zich in zijn handen. 'De hele familie bij elkaar!' De vampierjager kende die man namelijk, liever gezegd: die vampier. Dat was Vlad Tepes, Mihais oudere broer. Vlad was wel eens bij Mihai in Bindburg op bezoek geweest. Dat was Dirk niet ontgaan. De andere buurtbewoners ook niet, naar alle waarschijnlijkheid.

Een mollig vrouwspersoon met een helblond hogetorenkapsel sloot op hetzelfde moment Elvira, Silvania en Daka in haar armen. Dat was Karpa Tepes, geboren Albdantura, al 1369 jaar gelukkig getrouwd met Vlad.

Een kleine jongen draaide steeds snuivend om Helene heen. Alles aan hem was rond. Zijn neus, zijn ogen, zijn buik, zijn wangen. Behalve zijn hoektanden. Die waren spits. En lang. Zijn krulhaar leek wel een bos met kurkentrekkers. En hij had gele ogen, als een wolf. Dat was Woiwo Tepes, de tienjarige zoon van Karpa en Vlad.

Dirk van Kombast zag dat ze elkaar allemaal met een vuist op hun kop sloegen. Daarna ging alles heel snel. De familie Tepes en Helene verlieten de aankomsthal. Dirk holde naar de stand van het verhuurbedrijf om zijn autosleutels op te halen. De vriendelijke Roemeense jongen achter de balie wilde een gesprek beginnen over TAROM (geweldige maatschappij), het weer in Roemenië (geweldig mooi) en de Roemeense bezienswaardigheden (adembenemend), maar Dirk had geen tijd. Jammer genoeg. Hij schonk de jongen zijn tandpastaglimlach en haastte zich naar de uitgang. Toen hij met zijn goudkleurige rolkoffer buiten kwam, zag hij nog net hoe de Tepes in een donkerrood busje stapten. De koffers hadden ze op het dak vastgebonden. En Woiwo daar weer bovenop.

Zo snel zijn nieuwe sportschoenen het toelieten, rende Dirk naar zijn huurauto. Hij smeet de gouden koffer in de achterbak, ging achter het stuur zitten en zette de achtervolging in. De donkerrode bus reed net de snelweg op. Dat wil zeggen... Hij reed er hakkend en puffend op volle snelheid naartoe. Drie zwarte rookwolken ontsnapten de uitlaat.

Dirk van Kombast voegde vier auto's later in. Het was bijna onmogelijk de bus uit het oog te verliezen. De stapel koffers met Woiwo op het dak was van veraf te zien. Om de paar seconden stootte de bus een rookwolk uit en Vlad Tepes, de chauffeur, toeterde om de kleinste aanleiding. Soms ook zonder aanleiding.

De bus bleef een paar kilometer op de snelweg, slingerde daarna door een wirwar van straten, stond een paar minuten in een file, reed aan de andere kant van Sibiu de stad weer uit, ging een brug over, reed over een door bomen omzoomde laan, boog af naar een smal, hobbelig steegje en nam toen een onopvallende afslag die naar een verscholen, onverharde bosweg leidde. Links en rechts stonden de bomen dicht op elkaar, als haren op een hoofd. De bomen bogen over de weg en de zware takken vormden een soort tunnel. En hoewel het nog middag was, was het er al bijna donker.

Dirk van Kombast had zijn zonnebril afgezet. Hij keek ingespannen over de weg, die bezaaid lag met takken, stenen en zandhopen. De kleine huurauto stokte. Zenuwachtig kneep hij zijn ogen tot spleetjes. Op die eenzame weg kon hij niet te dicht achter de bus gaan zitten. Maar hij mocht hem ook niet kwijtraken.

De bus reed steeds dieper het bos in. Dirk van Kombast werd steeds zenuwachtiger. Wat als de vampiers hem hadden opgemerkt en hem in de val probeerden te lokken? Wat als hij de weg terug niet meer zou vinden? Wat als dit woud zijn graf zou worden? Hij stelde zich voor hoe de politie zijn moeder de gouden rolkoffer zou overhandigen. Hij wreef een traan weg. Nee, zo mocht het niet aflopen. Natuurlijk niet. Hij had een doelstelling en die had hij vast voor ogen en nu...

Nu...

... was hij weg.

De bus. Hij was er niet meer. Als van de aardbodem verdwenen. Dirk van Kombast sperde zijn ogen wijd open en trapte op het gaspedaal. 'Zo gemakkelijk komen jullie niet van me af, vrienden,' siste hij door zijn verblindend witte tanden. Hij nam een bocht naar links. Met gierende banden. Hij nam een bocht naar rechts. De achterbanden slipten weg. En toen zag hij het. Een bijna onzichtbaar spoor, tussen dikke loofbomen door, dat van de zandweg afweek. Dat spoor eindigde een paar meter verder voor een enorm rotsblok. En in dat rotsblok zat een groot gat. Het leek wel de tandenloze muil van een groot monster.

Dirk van Kombast zette de motor af. Hij wachtte vijf seconden. Alles bleef rustig. Hij stapte uit en sloop naar de rots. Het zwarte gat was de ingang van een hol. De vampierjager snoof. Er hing nog rook in de lucht. Diep uit het hol kwam motorgeronk. Het klonk als het gerochel van een holendraak. Dirk van Kombast leunde met een hand tegen de zijkant van de ingang en stak zijn hoofd in het gat. Niets. Alleen duisternis. Pas toen hij weer overeind kwam merkte hij waar hij op gesteund had. Niet op de rots, maar op een houten schild. Daar was iets op geschreven met hanenpoterige, zwarte, halfvergane letters. Maar leesbaar was het nog wel. Bistrië. Dat stond er.

Dirk van Kombast voelde hoe hij kippenvel kreeg onder zijn oudroze zijden overhemd. Bistrië! De onderaardse stad, waarover zijn buren steeds hadden gesproken. Bistrië. De broedplaats van ontelbare vampiers. Bistrië. Het doel van zijn lange reis.

Dirk zette een stap in de richting van de huurauto. Hij wilde de achtervolging voortzetten, voor hij de moed zou verliezen. Maar opeens hield hij in. Juist nu kwam het eropaan rustig te blijven. Hij zoog zich vol lucht. Buikademhaling was in een dergelijke situatie heel belangrijk. Toen probeerde hij zijn gedachten op een rijtje te krijgen. Als hij zich alleen in het hol waagde, waarin het gegarandeerd wemelde van de vampiers, dan zouden die bloeddorstige monsters hem waarschijnlijk ter plekke leegzuigen, zijn sterfelijke resten in hapklare brokjes snijden, op de barbecue leggen, met wat kruidenboter en peterselie versieren en opeten. Waarschijnlijk? Zeker weten! Nee, het zou dom zijn alleen de stad in te gaan, om vervolgens aan de vampiers ten prooi te vallen. Daarmee bewees hij zichzelf, zijn moeder en de mensheid geen dienst. Dan zouden alle moeite en ontberingen die de jacht hem tot dan toe hadden gekost, voor niets zijn geweest.

Dirk van Kombast kwam tot de conclusie dat het beter was de auto op een afgelegen plek te parkeren en goed verscholen bij de ingang van het hol op de loer te gaan liggen. Op zeker moment, waarschijnlijk 's nachts, zouden de vampiers uit de diepte te voorschijn komen. Dan kon hij ze observeren, hun gedrag bestuderen en hun zwakke plek ontdekken. Pas dan zou hij toeslaan. Hij wist ook al hoe.

Vlad Tepes parkeerde het donkerrode busje twintig meter onder het aardoppervlak, aan de rand van een afgrond. Aan de voet van de afgrond strekte de eeuwenoude stad Bistrië zich uit. De bus stond nog niet stil of Mihai rukte de deur open. Hij stapte uit, ging op de rand van de afgrond staan, sloot zijn ogen en ademde diep in. Zijn neusvleugels sidderden. De dropvetersnor trilde. Toen sloeg Mihai zijn cape met beide armen wijd open. 'Rodna moi!'* riep hij luid. Dat was vampiers en het betekende: 'Mijn vaderland!' Toen hij zijn ogen weer opende waren ze nat van tranen.

Intussen waren ook de overige passagiers uitgestapt. Ze rekten zich eens goed uit na die lange reis. Vlad Tepes sloot Helene en Daka links en Elvira en Silvania rechts in zijn lange armen, voerde hen mee naar de rand van de afgrond en zei: 'Boi venti do Bistrien!' Hij wees met zijn spitse kin naar de stad die meters lager aan hun voeten lag.

'Welkom in Bistrië,' vertaalde Elvira vlug.

'Is dat Bistrië?' vroeg Helene. Ze sperde haar ogen wijd open.

Daka knikte en zei zachtjes: 'Mooi hè?'

Helene zei: 'Mwa...'

'Wacht maar, tot je de stad bij nacht ziet en iedereen wakker is.' Silvania wipte op het puntje van haar tenen. Wat moeilijk genoeg was met die spitse schoenen.

'Hmhm,' kuchte Helene. Ze fronste haar wenkbrauwen.

'Het is altijd weer een overweldigende aanblik,' zei Vlad. 'Zelfs al ben je maar een paar uur weg geweest.'

Helene kneep haar lippen op elkaar. Ze tuurde de diepte in.

Mihai stak zijn hand op. 'Je hoeft niets te zeggen hoor. De meeste bezoekers zijn net zo sprakeloos als jij, wanneer ze onze stad voor het eerst zien.'

Helene boog zich wat verder voorover. 'Maar... maar ik zie hem helemaal niet. Waar zijn de huizen? Daar beneden zie ik alleen stalagmieten en stalactieten.' Helene wist wel iets over die druipstenen. Stalagmieten groeien uit de grond en stalactieten uit het plafond. Dat had ze wel eens in een grot vlak bij Bindburg gezien. Alleen hadden de druipstenen hier een gouden glans, komische vormen en ze waren bijzonder groot.

'Stala-wat?' Daka keek Helene niet begrijpend aan.

'Gumox! Dat zijn toch geen stalagmieten en stalactieten!' Mihai wierp zijn halflange haar met een ruk naar achteren.

Vlad deed: 'Tssss.'

En tante Karpa liet een boertje.

'Trek het je niet aan, Helene,' zei Elvira. 'Ik dacht precies hetzelfde toen ik hier voor het eerst kwam.'

'Dat,' begon Vlad en hij wees met zijn lange, knokige vingers op de reuzenstenen die uit de grond en het plafond van de grot waren gegroeid. 'Dat zijn budnyks. Die uit het plafond komen, noemen we budnyks kapoi. En die op de grond staan budnyks gurond.'

Helene kneep haar ogen halfdicht en knikte langzaam. 'Ik snap het. Jullie natuurmonumenten! Zo iets als de Uluru, die grote zandsteenberg in Australië. Nou, dan hebben jullie ook een topattractie voor toeristen.'

'Topattractie?' Tante Karpa keek Helene met grote, paarse ogen aan.

'Natuurmonument?' Vlad verloor bijna zijn lorgnet.

Elvira giechelde.

Daka proestte.

Silvania zei: 'Budnyks zijn geen natuurwonderen, maar huizen. Daarin wonen de vampiers.'

'En soms ook mensen,' zei Elvira.

'Wij hebben in een budnyk kapoi gewoond voor we naar Bindburg verhuisden,' verklaarde Silvania.

'In zo'n hangende,' zei Daka.

'Zie je de gaten in de budnyks?' Elvira wees naar donkere vlekken in de druipstenen. 'Dat zijn deuren.'

Helene staarde naar de budnyks. 'Jullie wonen in stalac... budnyks?'

'We wonen er niet alleen, heel ons leven speelt zich er af. Als een vleermuis in een mierenhoop.' Vlad knikte heftig van ja.

Helene fronste haar wenkbrauwen. Hoe leefde een vleermuis in een mierenhoop? Zij wist het niet. Hoe een vampier in een budnyk leefde, zou ze spoedig ontdekken.

'Zie je die grote, spitse budnyk in het midden?' vroeg Daka en wees naar de stad. 'Dat is de rodnyk. Zoiets als het stadhuis van Bindburg.'

Vlad zette een hoge borst op. 'Daar vergadert de gemeenteraad waarin ik al voor de vijfde keer namens de Partij van de Bloedigste Eenheid zitting heb.'

'En zie je de budnyk kapoi rechts van de rodnyk, die met al die gaten? Dat is onze school,' zei Silvania.

Daka tuurde naar de school. 'Slotz zoppo! Ik heb er nog heimwee naar ook!' Verbaasd over zichzelf schudde ze haar hoofd.

Helene boog zich voorover om die geheimzinnige, onderaardse stad nog beter te kunnen zien. Pas nu zag ze dat de druipstenen, beter gezegd de budnyks, allemaal verschillend waren. Sommige hadden één groot gat, andere veel kleine gaten. Er waren kromme budnyks, die eruitzagen als de tanden van een sabeltandtijger, kaarsrechte, kleine en grote, dikke en dunne, spits toelopende en ronde. Om een van de budnyks zat een dikke metalen band. Op de punt van een andere budnyk stond een soort hoge hoed. Op één budnyk zaten allemaal kleine pukkels, net als op een zoutstengel. Ongeveer twaalf budnyks hingen, van groot naar klein, vlak naast elkaar. Het zag eruit als een overdreven grote panfluit.

Tussen de budnyks kapoi hingen sterke, ijzeren kettingen. En tussen de budnyks gurond slingerden wegen, straten en stegen.

'En wat zijn die zwarte kisten, die je overal ziet?' vroeg Helene.

'Dat is de sarco,' antwoordde tante Karpa. 'Onze metro.'

'Metro?' Helene deed haar best in die kisten iets als een trein te zien. 'Wat gek! Het ziet er heel anders uit.'

'Klopt. Onze metro werkt niet met treinen maar met kisten,' zei Daka.

'Sarcofagen,' verduidelijkte Silvania.

Vlad klapte in zijn handen. 'Zullen we dan maar?'

Elvira knikte. 'De rest kan Helene beter van dichtbij bekijken.'

Dat vond Mihai ook. Hij kon bijna niet wachten zijn geliefde geboortestad te betreden. Of te bevliegen.

'Gaan we met de bus?' vroeg Helene.

Mihai schudde zijn hoofd. 'Bistrië is autovrij.'

'Anders krijg je erge luchtvervuiling,' voegde tante Karpa eraan toe.

Helene gluurde voorzichtig over de rand van de afgrond. 'Maar hoe komen we dan beneden?'

'Voor niet-vliegers en invaliden is ginds een glijbaan.' Tante

Karpa wees naar een enorm oud en wankel bouwwerk vol gaten. 'Of die touwladder daarginds.'

'De glijbaan gebruiken we meestal alleen voor postpakketten,' voegde Vlad eraan toe.

'Vorige week is een wild zwijn door een gat gevallen en neergestort,' zei Woiwo neuspeuterend.

Tante Karpa porde hem in zijn zij.

Woiwo verloor het propje uit zijn neus.

'Oké. Dan wordt het de touwladder,' zei Helene.

'Je mag ook wel op mijn rug.' Woiwo sloeg zijn armen wijd uit en glimlachte uitnodigend.

'Misschien zit je liever op de mijne,' bood Vlad aan.

En zo gebeurde het. Helene vloog op Vlads rug de afgrond in. Naast haar vloog Elvira. Niet zelf, nee, ze had haar armen om de stevige nek van haar man geslagen en lachte Helene bemoedigend toe. Maar Helene had geen bemoediging nodig. Ze deed niets liever dan vliegen. Ze wou maar dat ze het zelf kon! Een paar minuten later cirkelden ze rond een budnyk gurond, waarvan de punt iets naar rechts kromde.

'Boi venti in onze budnyk,' riep tante Karpa, die samen met Woiwo vlak achter Vlad en Helene vloog.

Helene bekeek de budnyk. Hij leek op een slaapmuts, vond ze. Toen keek ze naar beneden. 'Waar is de ingang?'

'Hier.' Vlad vloog naar een gat ongeveer op middenhoogte. Helene fronste haar wenkbrauwen. In haar eentje naar binnen of naar buiten gaan zou moeilijk worden. Maar dat zou ze volgens Elvira ook nooit mogen doen. Ach, Elvira maakte overal een probleem van. Echt iets voor moeders.

In de budnyk was het pikdonker. Pas toen tante Karpa een paar kaarsen had aangestoken, kon Helene om zich heen kijken.

'Cool!' riep ze uit. De hoge muren waren glanzend zwart. Tegen één wand stond een bank, bekleed met groen fluweel. Die was beslist twee keer zo oud als Helenes opa. Aan de muur tegenover de bank hing een berenkop. Het was net of hij Helene aankeek.

Naast de beer hing een wc-bril. Die had Elvira tante Karpa en oom Vlad cadeau gegeven toen ze een poosje geleden in Bindburg op bezoek waren. Elvira had hem prachtig opgeschilderd. Vlad had de volle waarde daarvan ingezien en hem als kunstwerk aan de muur gehangen.

Helenes blik gleed van de wc-bril naar de stoelen. Die waren van massief hout, met poten als klauwen. De zitting leek samen met de leuning op een wijdopengesperde muil. De tafel bestond uit twee dikke glasplaten, rustend op drie boomstronken. Tussen die glasplaten lagen kevers, spinnen en wormen. Een beetje plat. En heel erg dood.

'Dit is de salon,' zei tante Karpa. Ze spreidde haar armen uit, maakte een sprongetje en draaide eenmaal rond. Ondanks haar overgewicht zag het er heel bevallig uit. Tante Karpa deed drie keer per week vliegpilates. Mét resultaat.

Helene keek omhoog. 'Waarom hangt de waslijn door jullie mooie kamer?'

Woiwo lachte haar uit. 'Waslijn? Wat ben jij ultimo oenig!'

'Dat is geen waslijn, maar onze afhangketting. Om lekker aan te schommelen,' verklaarde tante Karpa.

Helene herinnerde zich dat Daka en Silvania op hun kamer in Bindburg ook zo'n ketting hadden. Daar hingen ze soms op hun kop aan te bungelen. Helene hing liever af op bed. Dat ging ook.

'En waarvoor dienen die zakken aan de ketting?' vroeg Helene.

'Daar bewaren we van alles in. Lekkere knabbeltjes en flesjes met drinken en zo,' legde Vlad uit.

'Wacht, ik doe het wel even voor.' Woiwo vloog in twee slagen met zijn armen naar de afhangketting. Die was hier en daar met schuimrubber omwikkeld, lekker zacht. Woiwo ging op zijn kop aan de ketting hangen. Toen deed hij een greep in een van de zakjes en haalde er een afstandsbediening uit. Hij drukte op een knop. Aan de muur hing een televisie. Het beeld was haarscherp, in kleur maar wel... ondersteboven.

Helene draaide haar hoofd. Ze probeerde op het scherm te kijken. Twee vampierdames vlogen door het beeld. Hun armen gingen omhoog en omlaag en hun hoofd schudde mee, netjes in de maat. Daarna lieten ze hun billen trillen.

'Zensatoi futzi!' riep tante Karpa. 'Vlieg-gym met Huca en Staica!' Ze begon ook met haar billen te schudden.

Woiwo stak zijn hand in een andere zak en stopte iets in zijn mond. 'Mestvliegen, geroosterd en gezouten. Ultimo lekker!' Helene rilde.

Silvania legde meevoelend een arm om de schouder van haar beste vriendin.

Daka liep het water in de mond.

Elvira kuchte. 'Waar slapen we?'

'Voor jullie,' zei Vlad, terwijl hij zich tot Elvira en Mihai wendde, 'hebben we de tweepersoonskist hier beneden opgemaakt.'

'Ik heb hem met wat grotschimmel bespoten, dan slapen jullie lekker.' Tante Karpa glimlachte naar Mihai en Elvira.

Mihai glimlachte terug.

Elvira niet.

'Voor Daka, Silvania en Helene hebben we luchtkisten opgeblazen. Zij slapen boven,' zei Vlad.

Daka sprong meteen op en vloog naar de tweede etage. 'Boibine!' riep ze. Daar stonden drie luchtkisten op een rij. Op de donkerblauwe kussens lag voor ieder een washandje, een tandenstoker en een worm. Dat was nog eens service! In de beste hotelnyk van Bistrië kon het niet beter zijn.

'Wat is boibine?' vroeg Silvania. Ze was ook naar boven gevlogen.

Daka wees naar de hoofdkussens. Ze likte haar lippen af. Het water liep uit haar mond, op haar T-shirt.

'Hé!' riep Helene beneden. 'Hoe kom ík bij mijn luchtkist?'

De zusjes staken hun hoofd over de rand van het vlieggat. Ze keken de woonkamer in. Helene had gelijk. Ze had een probleem. In een budnyk waren natuurlijk geen trappen of liften. Waarom ook? Vampiers konden vliegen. Maar Helene niet. En Elvira ook niet.

'Slotz zoppo!' Tante Karpa greep met haar handen in haar hogetorenkapsel. 'Dat ik daar niet aan heb gedacht. Maar natuurlijk hangen we nog een paar touwladders op.'

'Probleem opgelost.' Mihai wreef zich in zijn handen. 'En dan is het nu de hoogste tijd voor een glaasje!'

Zijn broer Vlad knikte. Hij haaldè een fles karpovka en een paar glazen uit een nis in de muur. Tante Karpa schonk voor Woiwo, Helene, Daka en Silvania een glaasje bosbessensap in. Nadat ze zich allemaal rond de insektentafel hadden verzameld, kuchte Vlad Tepes.

Hij hief zijn glas en zei: 'Mijn allerliefste broer, mijn hooggeachte schoonzus, mijn dierbare nichtjes en – al ben je een mens – mijn zeer vereerde Helene.' Vlad keek de kring rond. Het oog achter het lorgnet fonkelde groen, het andere oranje.

'Wij verheugen ons zeer jullie als gast te ontvangen en iets terug te kunnen doen voor de gastvrijheid, die jullie ons in Bindburg hebben bewezen. Vergeet nooit: onze budnyk is jullie budnyk. Laten we dus het glas heffen. Dat deze week vol vreugdevol weerzien mag zijn, vol harmonisch samenzijn en vol indrukwekkende gebeurtenissen.'

Allen deden wat Vlad had gezegd. Ze hieven hun glas. Mihai had heel graag ook nog zijn lievelingslied gezongen: 'Transsylvania rodna inima moi.' Het had veertien coupletten. Mihai hield van allemaal evenveel. Maar hij hield ook van zijn familie. Na de lange reis was dat lied waarschijnlijk een beetje te veel van het goede. Mihai knikte zijn broer toe, stootte zijn glas tegen het zijne en zei: 'Schnappobyx.'

'Schnappobyx,' riepen de anderen en lieten ook hun glazen klinken.

* De vertaling van de Vampierse woorden vind je in het Woordenboek Vampiers, pag. 148 tot en met 152.

Op de loer

Dirk van Kombast was er klaar voor. Hij had zijn legertent in een klein bosje opgezet, een paar meter van de ingang van het hol vandaan. En hij had hem zorgvuldig gecamoufleerd met takjes, blaadjes, mos en zand.

Daarna had hij ook zichzelf gecamoufleerd en zich van het bovenste haarsprietje tot zijn kleine gepedicuurde teen met een speciale parfum bespoten. De geur was niet bepaald aangenaam. Die rook naar stekelvarken, hondenpoep en beschimmelde poetsdoeken. Het stonk zo verschrikkelijk dat zijn eigen geur wegviel en niet door de vampiers zou worden opgemerkt. Daar was Dirk heel zeker van.

Hij had een dikke, oude bruine trui over zijn oudroze overhemd aangetrokken. Die trui had zijn moeder nog voor hem gebreid. Al zou het mooie er nu wel af zijn. Dirk van Kombast had namelijk overal blaadjes en takjes in de trui gestoken. Jammer, maar voor het bestrijden van het kwaad moest je nu eenmaal iets over hebben.

Hij had een oude crèmekleurige zomerbroek aangetrokken en met modder besmeerd. Ten slotte had hij zijn OK-pet opgezet. Een soort muts die chirurgen dragen in de operatiekamer. Die had hij van zijn vriend dokter Boon geleend. Ook de OK-pet was gecamoufleerd met takjes, blaadjes en modder. Zelfs op zijn zonnebankbruine gezicht zat zand geplakt. Dat kriebelde. Maar Dirk van Kombast verloor de ingang van het hol geen moment uit het oog.

Hij zat in de lotushouding voor de ingang van zijn tent. Normaal gesproken mediteerde hij in die houding en concentreerde hij zich. Dat deed hij nu ook. Alleen nu niet op zijn innerlijk, maar op de buitenwereld. Op de omgeving, op alle geluid, maar ook op de minste beweging, op elke geur en op het wapen in zijn hand. Het was geen gewoon wapen. Vampiers waren immers ook geen gewone vijanden. Dirk had geen revolver, geen sabel, geen pijl en boog, geen speer, geen katapult. Ook geen atoomraket. Dirk van Kombast had een waterpistool. Dat leek zo, op het eerste gezicht. Maar schijn bedriegt.

Dirk had dat enorme waterpistool omgebouwd. Hij had er uren aan zitten slijpen, zagen en plakken tot hij er helemaal tevreden over was. Het belangrijkste was de munitie. In plaats van met water was het pistool met knoflooktenen geladen. Eén lading bestond uit twintig bollen met ongeveer 300 tenen. Genoeg om een volwassen vampier bewusteloos te schieten. Dat hoopte hij tenminste. Tot nog toe had niemand er ervaring mee.

Dirk van Kombast streelde liefdevol over zijn Garlic Gun (zo noemde hij zijn knoflookpistool.) Het was zijn uitvinding, zijn kindje. Als de mensheid eenmaal zou beseffen welk gevaar er dreigde, wat voor ongedierte ze herbergde, als ze eindelijk zou inzien dat vampiers echt bestonden, dan zou zijn grote uur geslagen zijn. Dan werd zijn moeders grote lijden gewroken en ging Dirk als moedige pionier der vampierbestrijding de geschiedenis in. Maar dat niet alleen. Hij zou een succesvol zakenman worden. De behoefte aan Garlic Guns zou enorm toenemen. Binnen de kortste keren zou elk gezin een Garlic Gun aanschaffen. En wie weet werd de trend zelfs wel twee exemplaren. En net als brandblusapparaten hingen zijn

Garlic Guns dan in alle scholen, winkels en andere openbare gebouwen aan de muren. De regering zou een wet uitvaardigen die de aanwezigheid van een Garlic Gun in elke auto verplicht stelde. De Garlic Gun werd een succesverhaal. Daar was Dirk vast van overtuigd.

Maar hij was geen dromer. Hij wist dat hij zijn precisiewapen eerst nog op zijn praktische waarde moest toetsen. Daar zou hij nu snel de gelegenheid voor krijgen. Zéér snel.

'Boi motra,' riep Woiwo. Hij vloog op weg van zijn zolder naar de keuken door de kamer van de meisjes. 'Of liever gezegd: boi searo.'

Boi motra betekende goedemorgen. En boi searo goedenavond.

'Is het al morgen?' Helene kwam geschrokken overeind. Haar lange blonde haar zat in de war. Ze pakte snel haar kleine hoor-apparaatjes, die naast haar luchtkist lagen. Die hoorapparaatjes waren Helenes geheim. Behalve de vampierzusjes wist niemand ervan. Op haar vader en de oorarts na.

Daka rekte zich uit. Ze had heerlijk geslapen. Eindelijk weer eens overdag en niet 's nachts. Zoals het hoorde. In Bistrië tenminste. Bovendien had ze voor het slapengaan de wormen van alle drie de hoofdkussens opgegeten. Silvania had het haar bereidwillig toegestaan. Helene nog bereidwilliger.

'Het is geen ochtend, het is avond,' verklaarde Silvania haar beste vriendin.

'Maar hier is elke avond als een nieuwe morgen,' voegde Daka eraan toe. Ze was al opgestaan, had haar tandenborstel uit de badkamer gehaald en hing nu op haar kop aan een van de ijzeren kettingen, die door de budnyk gespannen waren. Daka poetste haar tanden luidruchtig en gluurde intussen naar Silvania en Helene beneden haar.

'O ja. Jullie staan 's avonds op, dan is het avondeten, dan vliegen jullie naar school, daarna is het middernacht-eten, dan het vieruurs-bloeddrankje, dan het ontbijt en daarna gaan jullie naar bed,' herinnerde Helene zich.

'Nou ja, daartussen doen we ook nog wel wat,' wierp Silvania tegen. 'Grothockey spelen bijvoorbeeld.'

'Of doodskopkegelen,' riep Daka van boven.

'Of vampier bijt me niet,' zei Silvania.

'Of in het Octavianus Mausoleum rondhangen en naar onderaards goede muziek luisteren. Van *Krypton Krax* bijvoorbeeld.'

Krypton Krax was Daka's lievelingsband. Ze kende alle teksten uit haar hoofd en kon elk nummer op haar drumstel naspelen. Het was haar droom om een keer samen met de zanger op het podium te staan. Liever gezegd over het podium te vliegen. Alleen vanwege die onderaards goede muziek, natuurlijk.

'Foemps,' riep Silvania. 'Pas toch op, Daka!'

Daka was zo in gedachten over *Krypton Krax* verzonken, dat een klodder tandpasta zo uit haar mond op haar zusje drupte.

'Skyzati!' zei Daka, 'sorry'. En ze slikte voor de zekerheid de rest van de tandpasta door.

Helene was intussen ook opgestaan en in het toilet verdwenen. Een ogenblik later klonk van daaruit een doordringend gekrijs.

Daka viel bijna van de afhangketting. Ze maakte roeiende bewegingen met haar armen, liet op het laatste moment haar tandenborstel vallen en greep met haar handen naar de ketting.

De tandenborstel kwam recht op Silvania's hoofd af. ZAK! Bleef hij midden in haar roodbruine haren steken. Als een parapluutje op een sorbet. Silvania keek loensend naar boven.

Helene rukte de wc-deur open. Ze keek de zusjes met wijd opengesperde ogen aan. Ze zag bijna zo wit als die twee halfvampiers. Niet zo gezond dus.

'Wat… is… dat?' Haar stem beefde.

Silvania probeerde nog altijd loensend haar kapsel in beeld te krijgen. 'Een tandenborstel?'

'Nee. DAT!' Helene wees naar de toiletpot.

Daka vloog van de ketting naar de wc. Silvania volgde haar te voet. Ze bogen zich tegelijkertijd over de wc-bril. Tegelijk kwamen ze weer overeind.

'Dat is een grotsalamander,' zeiden ze als uit één mond.

'Een grotsalamander?' Helene keek de tweeling fronsend aan. Daka en Silvania knikten. Daka's blik klaarde op. Bij het zien van de grotsalamander moest ze aan Kareltje denken. Kareltje was geen salamander. Hij was een bloedzuiger. Hij was Daka's troeteldier. Ze had hem het liefst mee naar Bistrië genomen. Maar Kareltje had last van vliegangst. Net als Silvania. Dat was trouwens wel de enige overeenkomst. Oma Roos had beloofd Kareltje te voeren en minstens een keer per dag over zijn kop te aaien.

Helene boog zich voorzichtig over de toiletpot. De grotsalamander was ongeveer 25 centimeter lang, vleeskleurig en had zielige kleine voor- en achterpootjes. Hij leek nog het meest op een gladde naakte worm. Bij nader inzien vond Helene hem toch wel mooi glibberig en vet walgelijk tegelijk.

'Maar hoe komt die grotsalamander in onze wc?' vroeg Daka zich af.

'Dat kan ik jullie uitleggen,' zei tante Karpa die plotseling de kamer binnenkwam. Zij had Helene horen schreeuwen, was onmiddellijk met haar pilatesoefening gestopt en naar boven gevlogen. Nu knielde ze voor de wc-pot, stak haar hand erin en streelde de grotsalamander met een teder gebaar over zijn rug.

Daka zette grote ogen op.

Helenes mond viel open.

Silvania kokhalsde.

'Dit is niet zomaar een grotsalamander,' verklaarde tante Karpa. 'Dit is Giuseppe. Hij kwam tijdens onze laatste vakantie in Italië aanlopen. Aanzwemmen, bedoel ik. Moet je zien hoe lief hij is. Hoe schattig hij met zijn staartje wiebelt. Ik zou hem de hele dag wel willen knuffelen.'

Daka, Silvania en Helene staarden tante Karpa aan.

'Daar in Italië zat hij moederziel alleen in die grote donkere grot,' ging tante Karpa verder. 'Daarom hebben we hem meegenomen. Onze wc is zijn nieuwe thuis. Daar gaan we toch bijna nooit op.'

Zoals de meeste vampiers poepten of plasten Vlad, Karpa en Woiwo liever in de vrije natuur. Dat had verschillende voordelen: het stonk minder, je bespaarde water, hoefde niet met de wc-borstel aan de gang, had geen wc-papier nodig en de wc was nooit bezet.

'Wilt u zeggen dat wij het toilet met Giuseppe moeten delen?' vroeg Silvania.

'Delen? Nee. Hoe kom je erbij!' Tante Karpa trok haar hand uit de wc-pot en keek de meisjes ontsteld aan. Ze draaide aan de gouden ringen aan haar vingers. 'De wc is van Giuseppe. Als jullie erop willen moet je het hem netjes vragen of hem met een pissebed omkopen.'

De meisjes keken tante Karpa wezenloos aan.

Tante Karpa lachte. 'Dat lukt jullie wel. Giuseppe laat zich graag omkopen. Goed, we zien elkaar zo dadelijk beneden bij het avondeten.' Met die woorden steeg tante Karpa op en vloog terug naar de keuken.

'Ik wist wel dat jullie familie bloeddorstig is,' zei Helene. 'Maar dat de wc gebruikt wordt als aquarium, dat wist ik niet.'

Daka en Silvania keken elkaar bezorgd aan. Voor hen was het ook nieuw.

Maar tante Karpa had gelijk. Het was heel gemakkelijk om Giuseppe met een pissebed uit de wc te lokken.

Nadat de meisjes zich wat hadden opgetut, vlogen ze naar beneden voor het avondeten. (Helene op Daka's rug.)

De tafel was rijkelijk gedekt. Met vaatjes bloed, bloedcrèmepudding, rauweham-muesli met echte stukjes wrat, spiesjes met rood vlees en keverjam. En er was ook gezorgd voor brood, boter, gebraden gehakt, honing en yoghurt.

Helene boog zich over de tafel om de honing te pakken. Maar opeens – ZAPPELDIWOESJ – suisde er iets voor haar langs. Op een paar millimeter van haar neus. Als een windvlaag. En ze rook ook wat. Iets dierlijks. Toen zag ze hem. Met zijn nagels diep in de keverjam geboord. Met zijn linkervleugel in tante Karpa's bloedcrèmepudding en met zijn rechter in Mihais beker bloed. Een vleermuis. Met een krant en een brief in zijn bek.

'Precies op tijd voor het avondeten,' riep tante Karpa verrukt en klapte in haar handen.

'De post!' riep Vlad. Hij pakte de krant en de brief uit de bek van de vleermuis. Hij zette zijn beker met ingelegde muggen neer, wierp hoofdschuddend een blik op de brief en wierp hem met een zwierig gebaar over zijn schouder.

''t Is maar een rekening.' Toen nam hij de krant. De *Bistrien Gazetoi*. Dat stond met grote letters op de voorpagina.

'Helene,' begon Elvira, 'weet je zeker dat je mijn halsbeschermer niet wilt gebruiken?'

Helene schonk haar een beleefde glimlach. 'Heel lief van u, maar liever niet. Ik... eh... ik zweet zo snel.'

Elvira had zeker al vijftien keer geprobeerd Helene van de voordelen van zo'n halsbeschermer te overtuigen. Die zou Helene niet alleen beschermen tegen een bijtgrage vampier, maar ook behoeden voor een keelontsteking. En tegen zuigvlekken. Maar dat laatste was volgens Helene eerder een nadeel dan een voordeel.

'Geen zorgen, mama,' zei Silvania, 'wij passen wel op Helene.' Daka en Silvania wilden hun beste vriendin de stad laten zien. En hun school. De leerlingen daar hadden nog geen vakantie, dus konden ze een gewone schooldag meemaken. Dat was erg spannend voor Helene. Ze had immers nog nooit een vak als dierkunde gehad en ze had ook nog nooit aan een vlaggenmast afgehangen.

'Van Helene blijven ze af!' Daka knikte zelfverzekerd en nam een flinke hap bloedcrèmepudding.

'Dus jullie denken werkelijk dat jullie Helene tegen honderden bloeddorstige vampiers kunnen beschermen? Twee meisjes van amper twaalf jaar oud?' Elvira keek haar dochters weifelend aan.

'Halfvampiers,' zei Daka.

'Wat?'

'Wij zijn halfvampiers en helemaal twaalf.'

Elvira zuchtte. 'Maar dan nog!'

'Rustig maar, El Virus.' Mihai sloeg een arm om zijn vrouw. 'De vampiers hebben jou in al die jaren hier toch ook niks gedaan?'

'Maar dat kwam omdat jij me altijd beschermde.' Elvira streek haar man even over zijn arm. 'En bovendien hebben we ons bloed vermengd. Ik ruik niet meer zo sterk naar mens.'

'Maar nog wel altijd heel lekker,' bromde Mihai.

'Mijn broer heeft gelijk, Elvira,' zei Vlad.

Elvira trok een rimpel boven haar neus. 'Dat ik lekker ruik?'

'Nee. Of... ja, ook. Ik bedoel, dat je je geen zorgen hoeft te maken over Helene. Daka en Silvania staan in hoog aanzien in Bistrië. Ach, wat zeg ik. Bij alle vampiers ter wereld. Sinds ze het vampierschap voor uitsterven hebben behoed door de gevaarlijke Germania Dracona op het graf van de vampierjager te plukken, kent iedereen hun naam. In de gemeenteraad hadden ze het er al over een standbeeld voor ze op te richten.'

'Een standbeeld?' zei Silvania.

'Voor ons?' zei Daka.

'Ja, maar...' Vlad krabde zich achter zijn oor. 'De raad gaf toch de voorkeur aan de bouw van een nieuwe bloedzuigerrenbaan.'

'Ziet u wel, mevrouw Tepes,' zei Helene. 'Ze zullen nog geen vinger naar me uitsteken, die vampiers.'

'Zolang wij in de buurt zijn, tenminste,' zei Silvania.

'En dat zijn we. Altijd. Beloofd.' Daka legde haar hand op haar hart.

Helene knikte haar vriendinnen toe. En toen moest ze ineens aan Ludo denken. Ludo de Zwart zat bij Helene en de tweeling in de klas. Het was een zonderlinge jongen. Heel apart. En intussen een heel goede vriend. Ludo praatte met geesten en kon de toekomst voorspellen. En Helene geloofde erin. Daka en Silvania konden vliegen, waarom kon Ludo dan niet helderziend zijn? Alleen zag hij de toekomst wel vaak somber in. Toen ze afscheid namen had hij Helene heel lang in haar ogen gekeken. Ze was er bijna duizelig van geworden. Toen had hij haar hand gepakt en gefluisterd: 'Zonder je vriendinnen zul je niet alleen zijn daar in Bistrië, maar wel in groot gevaar. Een gevaar waarvan je je niet bewust bent. Pas goed op, Helene.'

Bij de gedachte aan die raadselachtige woorden liep er nu nog een rilling over haar rug. Wat bedoelde Ludo daarmee? Welk gevaar? En waarom zou ze het niet herkennen? Maar misschien had Ludo zich gewoon vergist. De beelden die hij van zijn voorspellingen binnenkreeg waren vaak wazig. Hoewel... tot nu toe waren ze altijd uitgekomen.

Een goede neus

Slager Sangrasa kwam uit zijn winkel. Hij veegde zijn bloedige handen af aan zijn schort en zette ze in zijn zij. De avond viel. Binnen in de budnyks kwam het leven op gang. Vleermuizen vlogen bedrijvig met kranten en brieven in hun bek door de stad. De eerste sarco's ratelden over de met doodskoppen geplaveide straten. Ouders brachten hun kleine vampiertjes naar de peuterbudnyk. De grotere vampierkinderen vlogen zelf naar school.

Tegenover Sangrasa's budnyk stond de oude Dudu. Hij begroette slager Sangrasa met een KNOK, hing een draagplank voor zijn buik en legde die vol met bloederige ingewanden. Zoals elke avond ademde hij diep in om met luide stem reclame te kunnen maken: 'Lever van Dudu is beter dan Voodoo. Hersens, darmen, pens of long, 't is gezond en streelt uw tong.'

Naast de slagerij gingen de rolluiken van de winkel met middelen tegen zonlicht omhoog. In de etalage lagen tubes met zonnebrandcrème, basketbalpetten met een donker sluiertje aan de klep en gezichtsmaskers. In de budnyk schuin tegenover opende de dierenhandel. Op een bord in de etalage kon je lezen dat er verse bloedzuigers en strontvliegen waren binnengekomen.

Slager Sangrasa wilde zich juist naar zijn eigen etalage omdraaien, om te bekijken of zijn vleeswaren er nog smakelijk genoeg uitzagen, toen... iets hem daarvan weerhield. Een geur die zijn neusvleugels deed trillen. Een geur, waarvan het water hem in de mond liep. Hoewel hij toch goed had gegeten. Het was de geur die in elke vampier de jachtlust opwekte. Het rook naar mens.

Slager Sangrasa streek met zijn tong over zijn hoektanden. Met een waakzame blik speurde hij de hele straat af.

Op dat moment kwamen er drie meisjes om de hoek. Eentje met roodbruin haar, eentje met zwart haar en een blonde. Slager Sangrasa wist meteen dat hij goed geroken had. Geen twijfel mogelijk. Dat blonde meisje met de rode wangen en de blauwe ogen was geen vampier. Dat was een mens. Een mens met warm, vers, kloppend bloed in de aderen.

Het water droop van zijn hoektanden op zijn schort.

De meisjes liepen naar de sarcohalte. Pas nu wierp de slager een wat nauwkeuriger blik op de twee andere meisjes. Wacht eens! Waren dat niet…

'DAKARIA EN SILVANIA TEPES?' riep hij.

De zusjes keken op. Ze knikten de slager toe. Toen keken ze elkaar vragend aan. Het blonde meisje fluisterde iets in hun oor. Ze haalden hun schouders op.

'Jullie zijn HELDEN!' riep de slager. 'DATIBOI, datiboi, datiboi! Wacht, ik haal een lekkere bloedworst voor jullie!'

Silvania maakte een afwijzend gebaar. 'Heel vriendelijk van u, maar dat is niet nodig. Wij moeten naar school.'

'We kunnen die bloedworst straks wel ophalen,' vond Daka.

'JA! Jullie moeten beslist nog een keer langskomen,' riep de slager. 'Ik heb een worst naar jullie genoemd!'

'Ach, wat een ei!' mompelde Silvania.

'Geen ei. WORST!' Slager Sangrasa wees opgewonden naar zijn etalage. 'Hier, de Pepersilvanie en de zwartgerookte Dakaknacker!'

Daka knikte de slager waarderend toe en stak allebei haar duimen op.

Voor slager Sangrasa zijn nieuwe worstcreaties kon aanbieden, kwam de sarco aan. Hij zag hoe het blonde meisje samen met Silvania in een kistcoupé klom. Even later reed de sarco weg. Dakaria Tepes steeg op en vloog naast de kist mee. Slager Sangrasa keek de meisjes na, tot ze om de eerste bocht verdwenen.

'En ik had bijna worst gemaakt van hun vriendin.' Hij schudde zijn hoofd en ging de winkel weer in.

Daka trekt een baantje

Helene leunde achterover en hield zich met beide handen aan de rand van de kist vast. Ze genoot van de rit. De kist schudde heftig. De sarco reed dan ook verschrikkelijk hard. Het leek wel of ze op een sleetje een dodelijk steile helling moest afdalen. Net zo spannend, maar niet zo koud. De sarco stopte automatisch bij iedere halte. Vol op de rem.

In één kist was plaats voor vier passagiers. Je zat achter elkaar, zoals in een vierbob. Eigenlijk zouden ze net als in zo'n slee ook een helm moeten dragen, vond Helene. Eén sarco bestond uit vijf kisten. Stel je voor dat er in Bindburg ook maar twintig zitplaatsen waren in de metro, wat zou dat een chaos worden. Wat een mensenmassa zou er staan te dringen. Iedereen had immers wel iets dringends op zijn programma. De een moest naar zijn werk, de ander naar de fysiotherapeut en weer een ander had behoefte aan slaap en wilde zo snel mogelijk naar bed. Ook vampiers hadden dringende zaken. Maar in Bistrië vlogen de meeste inwoners naar hun afspraak. Alleen verzwakte oudjes of kleine kinderen gingen per kist. En gewone mensen. Maar die waren er maar heel zelden.

Daka vloog naast de sarco mee. 'Het laatste stuk trek ik een baantje,' zei ze na een paar haltes tegen Silvania en Helene. Met twee armslagen was ze bij een van de dikke kabels die op verschillende hoogtes door de hele stad waren gespannen. Daar hingen vampiers aan. Op hun kop. Sommigen lazen op die manier de krant. Anderen neurieden zachtjes en losten een kruiswoordraadsel op. Weer anderen aten de snack die ze bij

Dudu hadden gekocht. En intussen gingen ze net zo hard vooruit als de tram.

Helene keek naar boven. 'Is dat een soort skilift?'

'Ja, in principe wel,' antwoordde Silvania. 'Vliegen is best vermoeiend, snap je.' (Niemand die dat beter wist dan Silvania zelf. Zij vloog alleen maar als het echt niet anders kon. En zelfs dan vond ze zichzelf te zwaar om te vliegen.)

'Als een vampier buiten adem is of gewoon liever de krant wil lezen, gaat hij aan zo'n transportbaan hangen. Daarom heb je bij ons ook uitdrukkingen zoals: *gaan met die baan* of *een baantje trekken* of *een laantje per baantje*.

'O ja, ik snap het,' zei Helene.

Ze kwamen bij een halteplaats.

'Hier moeten we eruit,' zei Silvania.

De sarco minderde vaart met piepende remmen. Silvania en Helene stapten uit. Helene volgde Silvania langs een paar budnyks. Daka was er al. Ze vloog rondjes boven een budnyk kapoi. Die budnyk was groter en kleuriger dan de meeste andere. Daarbinnen krioelde het van leven, zoals in een grote mierenhoop. Het zoemde, fladderde en ritselde daarbinnen. Het uiteinde was plat en er zaten twee gaten in. Net de slurf van een enorme olifant.

'Dat is de hoofdingang,' zei Silvania en wees naar de gaten.

'Waarvan?' vroeg Helene.

'Van onze oude school,' riep Daka. 'Kom mee!'

De kwijlende klas

Bogdan Moldovan zat op de eerste rij. Pal voor de lerares. Zoals gewoonlijk. Zijn bruine steile haar was keurig gekamd, de scheiding precies in het midden. Alleen helemaal bovenop stond een plukje haar eigenwijs omhoog. Zoals gewoonlijk. Het viel Bogdan zwaar zijn lerares te volgen. Dat was niet zoals gewoonlijk. Hij kon zich gewoon niet op wat er daar voor hem gebeurde concentreren. Zijn gedachten werden in beslag genomen door iets twee rijen achter hem. Daar zaten Daka en Silvania met hun vriendin Helene. Helene verspreidde een verrukkelijke geur. Ze rook naar mens.

Maar het was niet Helene waardoor Bogdan zo van streek was. Dat kwam door Silvania. Silvania Tepes. Al sinds hij Silvania voor het eerst in de vampiercrèche had gezien, was hij verliefd op haar. Volgens zijn moeder had ze hem toen een keer met bloedgriesmeelpap besmeurd. Voor Bogdan was Silvania het mooiste wezen op aarde, nee, van het hele universum.

Haar roodbruine golvende haar leek wel een vlammenzee. Haar ogen waren als kristallen in een met mos begroeide grot. Was ze in een boek verdiept, dan kwam er een kuiltje in haar linkerwang. Was ze zenuwachtig, dan kreeg ze rode kringen om haar ogen. Als ze zich ergerde, werd er een adertje bij haar slapen zichtbaar. En als ze blij was, dansten haar oorlelletjes. Zoals net nog, toen ze Bogdan begroette.

Bogdan zuchtte. Hij wist dat hij voor Silvania niet meer was dan een goede vriend. Soms een zeer goede vriend zelfs. Maar niet *de* vriend. Bogdan gaf het echter niet zo snel op, zo'n vampier was hij niet. Hij had geduld. Hij was vol vertrouwen. Hij had uithoudingsvermogen. Silvania en hij waren voor elkaar bestemd. Dat wist hij zeker. Het was slechts een kwestie van tijd, dan zou Silvania dat ook beseffen. En als vampier had Bogdan een zee van tijd.

Bogdan draaide zich heel even naar de meisjes om. Silvania glimlachte naar hem. Maar het was niet die speciale glimlach. Daka fluisterde Helene iets in haar oor. Helene staarde naar een tekening op het bord. Ze was spierwit geworden. Op de tekening waren een wild zwijn, een schaap en een hert afgebeeld. Met rode pijlen was aangegeven waar de vampier het best kon bijten.

Helene was die nacht op school al vaak wit weggetrokken. Vooral tijdens de dierkundeles bij meneer Banat. Meneer Banat had ten overstaan van de hele klas zijn ontbijt genuttigd. Een woelmuis. Toen was Helene niet alleen bleek geworden, maar ook flauwgevallen. Bogdan vond dat Daka en Silvania Helene beter op meneer Banat hadden moeten voorbereiden. Die veroorzaakte namelijk soms zelfs bij vampiers een shock. En bij woelmuizen.

Bogdan keerde zich weer naar de lerares. Mevrouw Mirosa Strizio was al 321 jaar lang lerares vampiertaal- en geschiedenis. Omdat Bistrië in Roemenië lag kregen de meeste vampiers ook les in Roemeens en in andere talen. Mevrouw Strizio ijverde ervoor het vampiers als hoofdvak op het lesrooster te krijgen. Ze was niet alleen een hartstochtelijke voorvechtster van de vampiertaal, maar ook van de vampiergeschiedenis.

Mirosa Strizio was bijna twee meter lang en zo mager als de stok waarmee ze op een kaart wees. 'Hier,' zei ze, en ze sloeg met de stok op de kaart, 'staat de wieg van het vampierschap.'

Bij uitzondering sprak ze nu alleen gewone mensentaal, zodat haar gast, van zover gekomen, het ook kon verstaan. Het werd tijd dat de mensen de geschiedenis van de vampiers leerden kennen, vond mevrouw Strizio.

'Ongeveer drie miljoen jaar geleden ontwikkelden zich hier de eerste moderne vampiers,' ging mevrouw Strizio verder. 'Van daaruit verspreidden ze zich over de hele aarde. En wat gebeurde er toen twee-en-een-half miljoen jaar geleden?' Ze keek vragend de klas rond.

Alle vampiers waren druk bezig. Pitizia, die links naast Bogdan zat, had een vlekje op de rug van haar hand ontdekt, dat ze beslist moest wegvegen. En wel onmiddellijk. Torent, vlak achter Bogdan, had net zijn pen laten vallen. Hij bukte zich. Vanta, naast Aburo op de achterste rij, had een vuiltje in haar oog. Aburo boog zich naar haar over. Hij moest haar echt helpen.

Opeens stak Helene haar vinger op. Bogdan keek haar verbaasd aan. Wat dapper van haar! Niemand stak ooit zijn vinger op bij mevrouw Strizio. Dat was verreweg het veiligst.

Mevrouw Strizio knikte Helene toe. 'Ja? Jij weet wat er toen gebeurde?'

'Ik weet het niet zeker. Maar... werd toen graaf Dracula niet geboren?'

Het werd muisstil in de klas. Toen barstte mevrouw Strizio in luid gejammer uit. Alsof er bij haar een kies werd getrokken. Zonder verdoving. Maar de leerlingen wisten wel beter. Het was haar manier van lachen. En zij lachten allemaal mee. Het was namelijk raadzaam om met mevrouw Strizio mee te lachen. Een paar leerlingen keken elkaar met een blik van verstandhouding aan. Iedere vampier wist dat graaf Dracula een verzinsel was. Van een mens, nota bene!

Helene was geen vampier. Zij wist dat niet. Ze keek haar vriendinnen hulpzoekend aan. Daka legde een arm om haar schouder.

Mevrouw Strizio veegde met de rug van haar hand een traan uit haar linkeroog. Ze viel achterover en bleef in de lucht hangen. Het was lang geleden dat ze van het lachen de grond onder haar voeten was kwijtgeraakt. Goed beschouwd, bedacht mevrouw Strizio al zwevend, was het sowieso lang geleden dat ze gelachen had. En waarom? Omdat er voor een lerares op deze school gewoonweg niks te lachen víel.

Toen werd ze zich opeens weer bewust van haar plicht: ze moest haar leerlingen en een mens de geschiedenis van de vampiers bijbrengen. Van het ene op het andere moment stopte ze met lachen, zette haar voeten op de vloer en stond zo recht als een paal.

Het werd weer rustig in het lokaal.

Mevrouw Strizio trok een ernstig gezicht, spitste haar lippen en zei: 'Bogdan. Zeg jij dan maar wat er twee-en-een-half-miljoen jaar geleden gebeurde.'

Bogdan veerde rechtop en streek met beide handen zijn haar glad.

'Twee-en-een-half-miljoen jaar geleden ontstond er een splitsing in de ontwikkeling van de vampiers. De zogenaamde "transgigantus" splitste zich af. Dat was een zeer agressieve en uiterst bloeddorstige vampiersoort.'

'En?' Mevrouw Strizio stak haar spitse kin naar voren.

'En... ehhh...' Bogdan probeerde zich te herinneren wat hij nog meer over de transgigantus had gelezen. 'Uiterlijk is hij niet van andere vampiersoorten te onderscheiden. Alleen qua karakter. Hij is moorddadig, sluw en...'

Op dat moment ging er een sirene af en boven de deur begon een blauw lichtje te knipperen. Het sein dat het laatste lesuur was afgelopen. Bogdan haalde opgelucht adem.

Mevrouw Strizio keek laatdunkend naar het blauwe licht. Waarom duurde een les maar zestig minuten? Wie had dat eigenlijk bepaald? Zou wel weer een mens zijn.

Bogdan haastte zich met Silvania, Daka en Helene het lokaal uit. En even later glipten ze via de hoofdingang naar buiten. Daka had Helene op haar rug genomen. Ze vlogen naar een budnyk gurond en landden ten slotte op de grond.

'En, hoe vond je de eerste schooldag bij ons?' vroeg Bogdan.

'Super!' Helene straalde. Toen herinnerde ze zich iets. Ze trok wit weg. 'Behalve toen meneer Banat die muis aan het eten was. En nou ja... ik ben wel een paar keer in een klodder kwijl getrapt.'

'Altijd nog beter dan op je eerste schooldag midden onder de les in slaap vallen,' vond Daka. Dat was haar zelf een paar weken geleden in Bindburg overkomen.

'En dan ook nog heel hard te snurken,' deed Silvania er een schepje bovenop.

'Of daarbij te zitten kwijlen,' voegde Daka eraan toe.

'Heb ik niet gedaan!' Silvania wierp haar zusje een boze blik toe.

Bogdan dacht eraan hoe de hele klas bij de aanblik van Helene had zitten kwijlen. Hij had Torents buik zelfs horen knorren. Pitizia had de hele dag zenuwachtig op haar nagels zitten bijten. En bij hem zelf liep het water nog steeds in zijn mond. Besefte Helene wel dat ze in gevaar was? Ze mocht blij zijn dat Daka en Silvania haar beschermden. En dat iedereen in Bistrië enorm respect had voor de beide zusjes, sinds ze het vampier-schap met de Germania Dracona hadden gered. Zolang die twee bij Helene in de buurt waren, zou haar waarschijnlijk niets overkomen. Waarschijnlijk. Maar zeker was Bogdan daar niet van. Hij kuchte en zei: 'Eén dag op school is anders meer dan genoeg. Elke dag is hetzelfde. Je mist er niks aan.'

'Behalve vliegen natuurlijk,' wierp Daka tegen. Ze vond het jammer dat haar lievelingsvak vandaag niet op het rooster had gestaan. 'Lange-afstandvliegen, de slangenvlucht, vrije val, vlucht met hindernissen...'

'In-uit, in-uit, in-uit, een heel uur lang.' Silvania verdraaide haar ogen. 'Tja, *jámmer genoeg* moeten we dat missen. Want morgen begint de vakantie.'

'Precies op onze Nationale Feestnacht,' zei Bogdan.

'En dat wordt vast BOIBINE!' riep Daka.

Bij de gedachte aan het grote feest was ze haar lievelingsvak al weer vergeten. Daka hield van feesten. Maar de Nationale Feestnacht was niet zomaar een feest. Dat was twintig feesten in één. Minstens. Bovendien, *Krypton Krax* zou spelen!

Ook Silvania verheugde zich erop. De Vampier Nationale Feestnacht was werkelijk heel bijzonder. Alle vampiers waren op de been, liever gezegd in de lucht. Het was het mooiste en grootste feest dat Silvania kende.

Helene verheugde zich al net zo op de komende nacht. Hoewel ze geen idee had wat haar te wachten stond. Maar als vampiers feest vierden kon het toch alleen maar leuk worden? Of niet soms?

De sarco naderde in volle vaart en kwam vol op de rem tot stil-stand.

'Tot morgenavond dan, Bogdan,' zei Helene.

'Azdio!' riepen Daka en Silvania.

Bogdan nam met een KNOK afscheid van de meisjes. En hij klopte Silvania extra liefdevol op haar grijsblauwe hoed. Toen steeg hij van de aardbodem op en vloog naar de kleine dikke budnyk kapoi, waarin hij met zijn ouders en grootouders woonde. Hij dacht aan Silvania's ogen. Hij dacht aan Silvania's oorlelletjes. Hij verloor bijna zijn evenwicht. Maar hij dacht ook aan de Nationale Feestnacht. En aan Helene. Als Daka en Silvania haar maar niet kwijtraakten in die grote vampier-massa.

Observatie in buikligging

Dirk van Kombast lag in de tent. Plat op zijn buik. Maar hij sliep niet. Hij was klaarwakker. Er ontging hem niets. Koortsachtig tuurde hij nu al urenlang door zijn verrekijker. Want al urenlang was er iets gaande bij de ingang van het hol.

Die middag waren er een paar blijkbaar zeer lichtongevoelige vampiers uit de onderaardse stad naar boven gekomen. Dirk was toen bijna in de verleiding gekomen zijn Garlic Gun in te zetten. Maar hoe meer vampiers er te voorschijn kwamen, des te minder hij iets zag in dat idee. Zolang hij nog geen zekerheid had over de precieze werking van zijn wapen, zolang hij het nog niet op één enkele vampier had kunnen testen, leek het hem beter de vijand eerst nog een tijd te observeren.

Op het eerste gezicht zagen de meeste vampiers eruit als gewone mensen. Als gewone mensen die konden vliegen. En daarbij soms een vlieg, die zo onvoorzichtig was hun vliegroute te kruisen, in hun mond stopten. Ze waren bleek, maar dat zou Dirk van Kombast ook zijn als hij onder de grond zou wonen. En niet onder de zonnebank zou gaan.

Het indrukwekkendst waren de hoektanden. Veel mannelijke vampiers hadden die achter een dichte baard verborgen. Om zich beter als mens te kunnen voordoen, vermoedelijk. Bij sommigen waren de bovenste hoektanden zo lang uitgegroeid, dat ze tot aan hun kin reikten. Anderen konden met hun onderste hoektanden bijna in hun neus peuteren. De gemiddelde vampierhoektand was echter, zo schatte Dirk van Kombast, ongeveer dubbel zo lang en breed als een menselijke hoektand.

De vampiers hadden in de buurt van het hol verschillende podia gebouwd. Eén zo'n podium was zelfs boven in een boom bevestigd. Zo te zien zou op die plek de Nationale Feestnacht gevierd worden. Er werd ook een hangbrug gespannen van de ene boom naar de andere. Rondom de open plek werden kleine kraampjes en stalletjes gebouwd. Een oudere vampier met een volle grijze baard hing een spandoek boven een kraam. Dirk stelde zijn verrekijker scherp en las: 'Vampiers van alle landen, verenigt u. Kies de Partij van de Bloedigste Eenheid.'

Dirk van Kombast nam wat hij zag goed in zich op. Later zou hij alles in het logboek op zijn laptop uitwerken. Maar nu kon hij beter heel stil blijven liggen. Er was zo veel te zien in het bos. De meest wonderlijke dingen.

Op dat moment kwam er een vampier met een dikke buik het hol uitgevlogen. 'Niertjes van Dudu zijn beter dan voodoo!' riep hij. De rest kon Dirk niet verstaan omdat Dudu afboog naar de open plek. De dikke vampier werd gevolgd door drie vampierdames. Dirk van Kombast herkende één van hen, Karpa Tepes, de schoonzuster van zijn buurman. Je kon haar niet over het hoofd zien, met dat hogetorenkapsel. En je ontkwam ook niet aan haar getetter. Maar ze sprak vampiers, Dirk verstond er geen woord van. Misschien moest hij proberen een woordenboekje aan te leggen. Het zou toch handig zijn als hij zijn vijand kon verstaan. Bovendien was het vampiers eigenlijk net zo'n internationale taal als Engels. Het werd immers ook overal ter wereld gesproken.

Karpa Tepes en de twee andere vampierdames sleepten iets naar de open plek. De adem stokte Dirk in de keel, toen hij zag wat het was. Karpa Tepes had twee benen vast. De beide anderen droegen links en r͏   bovenlichaam. Het hoofd hing slap opzij. De armen sleepten over de grond.

Het beeld danste voor zijn ogen. Zijn handen beefden. Hij moest de verrekijker neerleggen. Die vampierdames sleepten een lijk de feestvloer op! Een dode! Een mens! Leeggezogen tot op het bot. Om tijdens een gruwelijke ceremonie geofferd te worden. Geen twijfel mogelijk.

Dirk van Kombast sloot zijn ogen en probeerde zijn innerlijke kracht terug te winnen. Hij ademde door zijn ene neusgat in en door het andere weer uit. Zijn yogalerares Ajala noemde dat de zonne-mond-ademhaling. Die had ze hem geleerd tijdens zijn laatste yogaworkshop. Dirk ademde zo gedurende dertig seconden door. Toen had hij zijn innerlijke kracht hervonden. Die zat in de buurt van zijn linkerknieschijf verstopt. Hij pakte zijn verrekijker weer op, stelde hem scherp en was bereid de gruwelen te aanschouwen.

De vampierdames zetten het lijk midden op de open plek tegen een paal. 'Een ceremonie,' mompelde Dirk. 'Dacht ik het niet.'

Hij stelde de verrekijker nog scherper en zocht naar het gezicht van het lijk. Ofschoon hij niet zeker wist of hij de aanblik kon verdragen. Hij had een gevoelige maag. Vooral na die hele week diarree, nog niet zo lang geleden. Maar hij moest sterk zijn. Hij was de enige menselijke getuige.

Toen hij het lijk in de ogen keek, veerde hij onwillekeurig op. Maar niet van schrik of ontzetting, nee, van opluchting. Want die ogen waren geen ogen, maar knopen. En de neus was een gepelde ui. De mond was gemaakt van stukjes sinaasappel met vier stokjes erin. Precies op de plek van de hoektanden. Dat lijk was geen lijk. Dat lijk was opgevulde vampierpop. Tante Karpa keurde het ge   kritische blik. Toen schilderde ze een zwarte baard op zijn gezicht. Daarna zette ze een elegante grijze hoed op zijn hoofd. Een van de andere dames knikte goedkeurend. De andere wierp de vampierpop een kushandje toe.

Dirk van Kombast liet de verrekijker zakken. Hij ademde diep in. Door beide neusgaten. Toen wreef hij zijn ogen uit. Die vampiers waren nog maar bezig met de opbouw van hun Nationale Feest en nu al stapelgek. Hijzelf had al de nodige hartkloppingen gehad. Wat zou dat vannacht wel niet worden? Niet bepaald een romantisch gebeuren, dacht Dirk. Dat was van vampiers niet te verwachten. Hij moest op het ergste zijn voorbereid.

Dansen en snotteren

'Ultimo sterk!' riep Woiwo. Hij stond samen met ontelbare andere toeschouwers onder de hangbrug en keek naar boven. Op de hangbrug gaf zijn vader met een andere vampier een demonstratie Ha-chi, een oeroude vechtsport. Vlad Tepes was Ha-chi-meester.

'Zack! Zong! Wong!' riep Woiwo en deed zijn vaders armbewegingen na. Die bewegingen waren er eigenlijk alleen maar voor de sier. Ze moesten de ademhaling ondersteunen en de tegenstander afschrikken.

Het eigenlijke Ha-chi-wapen was de neus. De beide vechters snoven explosief lucht door hun neus naar elkaar toe. Die lucht schoot met een snelheid tot wel 160 kilometer per uur op de tegenstander af. Het doel was de ander omver te niezen, hem te dwingen om te draaien of hem van zijn nieskracht te beroven.

Vlad was zonder twijfel aan de winnende hand. Zijn tegenstander was nat van het zweet, wankelde en zocht vertwijfeld naar een krachtige nies in zijn neus. De vampiermenigte onder de hangbrug moedigde Vlad aan. Die sperde zijn neusgaten wijd open.

Helene Steenbrugge keek ademloos toe. Het was haar eerste Ha-chi-wedstrijd. Ze was zichtbaar onder de indruk.

Daka had zojuist iets te knabbelen gekocht bij Dudu. Ze trok aan Helenes arm.

'Kom mee, Silvania moet zo dadelijk optreden.'

Silvania was Saikatodanseres. Al sinds haar zesde was ze bij de Saikatoclub en trad ze elk jaar op tijdens de Nationale Feestnacht. Daka en Helene drongen zich door de vampiermassa tot vlak voor de tribune. De Saikatogroep stond al klaar. Alle tien danseressen en tien dansers hielden hun rechterarm en hand gestrekt, met aan hun wijsvinger een vleermuis. Ze begonnen tegelijk met één voet te stampen. Net een donderbui die steeds dichterbij kwam. Plotseling begon er een orgel te spelen. De dansers en danseressen vlogen tegelijkertijd op en vormden een reuzengrote bal in de lucht.

De vleermuizen vlogen er in een kring omheen. Het leek wel of Saturnus met zijn ene ring vlak boven het toneel in het bos zweefde.

Helene bleef met open mond staan kijken.

Daka greep naast Dudu's knabbeltjeszak.

Het publiek riep 'ohhh' en 'ahhh!'

Daka en de andere vampiers hadden al veel Saikatodansen gezien. Maar tijdens de Nationale Feestnacht kwam de groep elk jaar weer met iets bijzonders. Silvania was in Bindburg per vleermuispost over de nieuwe dansbewegingen geïnformeerd. Ze had gisteren nog twee uur met de groep geoefend. De Saikatodansers wervelden door de lucht en vlogen in spagaat over het toneel. Ze schoten samen als een raket omhoog en spatten als vuurwerk uit elkaar. Ze draaiden pirouettes op hun hoofd. Ze legden hun voeten tegen hun oren. Ze schudden hun hoofd, heupen en billen. De vleermuizen deden dat ook.

Eigenlijk gaf Helene niet zo veel om dansen. Maar wat Silvania en haar groep daar op het toneel lieten zien, was veel meer dan dat. Dat was tovenarij.

'Zensatoi futzi!' riep Helene naar haar vriendin, toen die na de voorstelling van het toneel afkwam. Helene kende al een paar uitdrukkingen in het vampiers. 'Zensatoi futzi' was er één van. Dat betekende 'supermegawaanzinnigenormsensationeelverbluffendgoed!'

Silvania lachte naar Helene. Toen trok ze een roze kanten zakdoekje uit haar rok en wiste een paar zweetdruppeltjes van haar voorhoofd, neus en bovenlip.

Daka veegde haar zusje met een servetje van Dudu over haar wang. 'Je was helemaal te gek!'

'Datiboi,' hijgde Silvania. Ze had rode ringen om haar ogen. Ook al stond ze nu al zes jaar als Saikatodanseres op het toneel, ze was nog altijd zenuwachtig als ze moest optreden. Een beetje dan.

'Van wie heb je die rode roos gekregen?' Helene wees naar de bloem, die Silvania in haar riem had gestoken.

'Weet ik niet. Iemand heeft hem voor mij afgegeven.'

'Bogdan. Gegarandeerd.' Daka knikte beslist.

Silvania zuchtte zachtjes. Ze wilde niet over Bogdan praten. Bogdan was haar vriend, al vanaf de vampiercrèche. Bogdan was aardig. Erg aardig. En slim. Soms was hij nog grappig ook. Maar hij was... gewoon Bogdan. Hij had geen wintergrijze ogen. Geen moedervlekje op zijn linkerwang. En hij droeg ook geen rood-blauw gestreepte sjaal die naar mos, zeezout en limo rook. Bogdan was Bogdan. En niet Jacob.

Silvania zuchtte nog eens, toen ze aan Jacob dacht. Hij was haar bijlesleraar in Bindburg. Misschien was hij wel haar grote liefde. Dat wist Silvania nog niet. Ze hoopte maar dat ze daar snel achter zou komen.

'Kom, we gaan. Anders missen we het snotteren van de meiden.'

'Het WAT?' Helene klopte op haar hoorapparaatjes. 'Ik verstond iets als het snotteren van de meiden.'

Daka en Silvania knikten. Ze trokken Helene mee naar het midden van de open plek. Daar had zich al een schare toeschouwers verzameld. Plus elf jonge vampiermeiden. Ze stonden op één lijn op goed vijf meter afstand van de vampierpop aan de paal. Een van de meiden boog voorover, hield met haar wijsvinger haar linker neusgat dicht en blies toen een bolletje uit haar rechterneusgat. Dat viel een paar centimeter voor de pop op de grond. Er ging een teleurgesteld 'och' door de menigte toeschouwers.

'Wat is dat daar?' vroeg Helene. 'Ha-chi voor beginners?'

Silvania schudde haar hoofd. 'Het snotteren van de jonge meiden is een oeroude traditie.'

'De meisjes steken vruchtbaarheidsbessen in hun neusgat,' ging Daka verder. 'Ze snuiten die zo krachtig mogelijk uit hun neus. Ze moeten proberen de vampierpop te raken. Als dat lukt, zal ze snel een mooie man tegenkomen en veel mooie baby's met hem snuiten, ehhh... maken bedoel ik.'

Opeens ging er gejuich op. Een van de meiden had de pop geraakt. Ze sprong een gat in de lucht en maakte een koprol van blijdschap.

'Ik snap het al,' zei Helene. 'Bij ons gebeurt ook zoiets. Als je op een bruiloft het bruidsboeket vangt.'

Helene was blij dat ze mee naar Bistrië was gevlogen. De tweeling had niet overdreven: de Vampier Nationale Feestnacht was de vliegreis dubbel en dwars waard. Al die bijzondere eettentjes! Die bezwerende lichtjes en geluiden. Het bloed en de karpovka stroomden overvloedig. Veel vampiers stelden zichzelf op de proef: wie waagde zich het dichtst in de buurt van een teentje knoflook? Welke vampierdame speelde het klaar om met vijf uit de kluiten gewassen vampiers te jongleren? De vampierkinderen ravotten in de bomen en in de struiken en stopten lange regenwormen in elkaars neus. De oudjes hingen in de bomen en bekeken de bedrijvigheid van bovenaf. Af en toe dronken ze luid slurpend met een strohalm uit hun bloedbekers. Kortom, het hele bos wemelde van de vampiers. Zowel op de grond als in de lucht.

Dat alles werkte elektriserend op Helene. En die uitwerking had zij ook op de vampiers. Ze merkte niet dat de neusvleugels van al die vampiers begonnen te trillen als ze in de buurt kwam. Hoe ze lispelden en haar met begerige blikken volgden. En hoe het speeksel van hun hoektanden droop.

De zusjes weken niet van haar zijde. Eén van de twee bleef altijd bij Helene. En dan waren oom Vlad, tante Karpa, Mihai en Elvira er ook nog. Ze hielden Helene ook zo goed ze konden in de gaten. Zij hadden ook naar het snotteren van de jonge meiden gekeken. Op oom Vlad na die bij de stand van de Bloedigste Eenheid de snel verwachte vampierrevolutie aankondigde. Een kleine mollige jonge meid wilde juist haar vruchtbaarheidsbes naar de vampierpop snuiten, toen er een roffel klonk van boven uit de boom. Ze verloor haar evenwicht, de bes rolde uit haar neus en kwam vlak voor haar voeten terecht. Ze keek teleurgesteld naar de bes. 'Foemps.'

Boven in de kruin was iemand met een drumstel bezig. Weer klonk er dat geroffel.

'Slotz zoppo!' riep Daka. 'Over vijf minuten speelt *Krypton Krax*! We moeten zien dat we vooraan komen te staan. Rapedadi!'

Hij had het erop gewaagd en was zijn tent uitgekropen. Dirk van Kombast lag met zijn buik op een dikke tak, tien meter boven de aarde. Zijn lange, dunne benen bungelden omlaag. Hij had zijn verrekijker vast. Zo lag hij al uren. Zijn botten deden pijn. Hij had kramp in zijn nek. Het kon niet anders. Maar zijn uitzicht was het waard. Hij had de ongelooflijkste dingen gezien. Robuuste vampiers hadden elkaar vol geniest. Ze kregen een groot applaus van de omstanders. Het was ongetwijfeld een oeroud ritueel, zoiets als een doopplechtigheid misschien. Andere vampiers – zover Dirk het kon zien waren het jonge vampiermeiden – hadden iets in hun neusgat gestopt en het er daarna weer uitgesnoten. Misschien was het een soort snuiftabak. Als een van de dames de vampierpop raakte, werd er luid gejuicht. Wat dat te betekenen had, kon Dirk niet zo gauw bedenken. Was het maar een spelletje en had wie de pop raakte gewonnen? Of moesten ze een bepaald lichaamsdeel zien te treffen? Misschien konden ze op die manier hun agressie kwijt?

Dirk van Kombast besloot die vraag in het vampierjagersforum op internet aan de orde te stellen.

Nu stroomde een deel van het publiek naar een grote boom. In de kruin van die boom was een soort toneel gebouwd. Het viel Dirk op dat vooral de jeugd erop afging. Ook Daka en Silvania. Daka droeg Helene op haar rug. Ze zochten een plek vlak voor het toneel. Naast hen vloog een vampier met bruin haar, de scheiding keurig in het midden. Alleen achter op zijn hoofd stak een weerbarstig plukje uit.

Op het toneel was het aardedonker. Er was niets te zien. Toch klonk er al geschreeuw. Er werd blijkbaar iets geweldigs verwacht. Dirk van Kombast voelde dat hij zelf ook onrustig werd. Wat zou er zo dadelijk te zien zijn? Een bloedige show? Een voorstelling waarin echt werd gebeten?

Opeens lichtten er op het toneel in de top van de boom gouden letters op. De letters flikkerden. Dirk las: *K-r-y-p-t-o-n K-r-a-x*. Hij kreunde. *Krypton Krax?* Hij had die naam eerder gehoord. Maar waar?

Pas toen zag hij dat het geen lampen waren die de boom verlichtten. Het waren kaarsen, die op de rugjes van vleermuizen bevestigd waren. Die vleermuizen hergroepeerden zich. Dirk Las: *Z-e-n-s-a-t-o-i f-u-t-z-i.*

Dat zou een belangrijke geheime boodschap kunnen zijn. Wat vervelend dat hij de taal niet kende. De vampiers voor het toneel spraken natuurlijk wel vampiers. Ze krijsten, schreeuwden en sprongen hoog in de lucht.

Dirk van Kombast zag hoe Helene op de schouders van de jongen met de middenscheiding klom. Daka maakte een koprol in de lucht en stak haar vuist op. Ze riep iets onbegrijpelijks. Plotseling brak er een oorverdovend lawaai los. Op hetzelfde ogenblik werd het toneel door vele kaarsen verlicht. Dirk van Kombast onderscheidde een drummer die met zijn drumstokken zwaaide en op de bekkens sloeg alsof hij door de duivel was bezeten. Hij hield zijn hoofd ingetrokken, net als een schildpad, droeg een grote zonnebril met lila randen en had ook een lilagekleurd kapsel. Dat kapsel leek nog het meest op de pompom van een cheerleader. Verder stonden er nog een bassist, een toetsenist en twee muzikanten met instrumenten die Dirk van Kombast niet kende. Vanuit de top van de boom daalde de zanger naar het podium af. Hij was helemaal in het zwart gekleed. Zijn handen en gezicht waren zo wit als sneeuw, zijn haar was pikzwart met fel rood aan de punten.

De vampiers voor het podium waren tot een deinende massa samengesmolten. Die massa sprong, draaide, stak de armen omhoog, schudde met het hoofd, floot, joelde en zong.

Dirks oren jeukten ervan. Zulke muziek had hij nog nooit gehoord. Het was een mengeling van punk, rap, heavy metal, techno en kinderliedjes. Een onmogelijke combinatie, vond Dirk. Hij had thuis een voortreffelijke verzameling muziek. Jazz, wereldmuziek en klassiek. Zijn oren waren fijnproevers, of beter gezegd fijnhóórders. Hij vreesde dat ze door de muziek die hij nu moest aanhoren, een blijvende beschadiging zouden oplopen.

Maar wat moest hij? Met zijn linkerhand omklemde hij de tak, met zijn rechterhand de verrekijker. Hij kon ze niet tegen zijn oren drukken.

'Dit is de ergste muziek die ik ooit gehoord heb,' siste hij. Toen beet hij zijn tanden op elkaar en dwong zichzelf vol te houden. 'Voor jou, mama.'

'Dit is absoluut de meest waanzinnige muziek die ik ooit heb gehoord,' riep Daka haar zusje, Helene en Bogdan toe. 'Dit is wreed. Dit is wild. Dit is beter dan vers bloed!' Ze trok haar hoofd ritmisch van voor naar achter en zwaaide met haar armen. Ze vloog een koprol, hield zich in toen ze op haar kop in de lucht hing en schudde met haar voeten. Daarbij stootte ze schrille klanken uit.

Silvania stond op een tak, en knikte met haar hoofd en haar grote teen mee in de maat. Daka had gelijk. *Krypton Krax* was goed. Maar niet zo goed als een dikke liefdesroman met een happy end.

Bogdan was blij dat hij een excuus had om niet te kunnen dansen. Hij droeg Helene op zijn schouders. Maar had ze niet op zijn schouders gezeten, had hij het ook niet gekund. Hij hield van muziek. Maar hij sprong altijd uit de maat. Omdat Silvania naar zijn mening een van de beste Saikatodanseressen was, vond hij dat extra pijnlijk.

Helene keek gefascineerd naar het podium. De slagwerker was één lila ragebol, zo hard schudde hij zijn hoofd op het ritme van de muziek. De toetsenist hing met zijn benen aan een tak en sloeg ondersteboven op de toetsen. De tak veerde op en neer. De basgitarist was de enige die rustig op de bühne stond. Hij droeg een grote hoed, een grote zonnebril en grote, spitse schoenen. Telkens als hij een snaar aansloeg, bewoog hij zijn kin naar voren. Dat was zijn enige beweging. Het zag er cool uit.

Naast de bassist vloog een vampiermeisje zigzaggend heen en weer. Ze stond nooit stil. Ze hield een langwerpig houten kistje in haar handen. Over het midden waren vier snaren gespannen. Daarnaast bevonden zich twee gaten in de vorm van een vleermuis.

Helene boog zich voorover naar Bogdan. 'Wat voor instrument speelt dat meisje?'

'Een windjanker. De snaren worden door luchtstroming tot klinken gebracht. Daarom moet zo'n windjanker altijd in beweging blijven,' verklaarde Bogdan.

Helene bestudeerde het meisje op het podium. Ze stond werkelijk geen ogenblik stil. Windjanker spelen moest wel heel vermoeiend zijn.

Rechts van de zanger vloog een vampier in rugstand. Hij had een grote, kromme witte stok vast en blies erin. 'En waar blaast hij op?' vroeg Helene.

'Dat is Bato,' antwoordde Daka, die net haar kant op draaide. 'Hij speelt op een knokefoon. En hoe! Helemaal boibine!'

'De knokefoon is een traditioneel vampiers blaasinstrument. Gemaakt van botten,' verklaarde Bogdan.

'En die daar, die net een looping maakt, dat is Murdo. De beste zanger ter wereld,' voegde Daka eraan toe. Ze grijnsde even, toen draaide ze zich met een ruk om en begon te dansen, stootte haar hoofd naar voor en achter en zong de nieuwste hit van *Krypton Krax* keihard mee: 'RAPEDOSCH BOSCH MOI MOI MELO!' Daka sloot haar ogen. Ze liet de muziek door zich heen stromen. Die prikkelde als een te warme douche. Als zonlicht op haar naakte huid. Gevaarlijk goed.

Helene werd door Daka's enthousiasme aangestoken. Ze begon op Bogdans schouders mee te bewegen. Ze zwaaide met haar armen, schudde met haar bovenlijf en liet haar lange blonde haren los waaien.

Bogdan zwaaide ook. Naar rechts. Naar links. Naar voren. Naar achteren. En terug. Het kostte hem moeite in de lucht te blijven. Zijn gezicht was niet meer bleek. Het was paars van inspanning.

Silvania sloeg haar zandbakvriendje vanuit haar ooghoek gade. Dat paars stond hem goed, vond ze. Ze keek naar Helene. En zuchtte. Nog een *Krypton Krax*-fan. Hoe had Daka het klaargespeeld, Helene zo snel te besmetten?

'Datiboi, datiboi, datiboi!' riep Murdo op dat moment in de microfoon, met zijn te gekke diepe, rauwe stem.

De toeschouwers krijsten.

Murdo benutte de pauze en nam een slok uit zijn fles. Een druppel bloed liep uit zijn mondhoek. Hij likte die bliksemsnel weg, met zijn lange, spitse, blauwige tong.

'Everybody happy?' riep Murdo in de microfoon.

De menigte joelde instemmend.

'Allemaal lekker muf?' riep Murdo.

De vampiers krijsten van plezier.

'Willen jullie het zó hard, dat jullie hoektanden krom gaan staan?'

De toeschouwers juichten en floten. Ja, dat wilden ze.

'Maar eerst wordt het zo modderig zacht, dat jullie botten smelten als boter,' sprak Murdo. 'Een liefdeslied.'

Er ging een golf van ontzetting door de menigte.

'Een duet,' ging Murdo verder. 'Dat kan ik niet alleen.'

Hij vloog iets omhoog en liet zijn blik over het publiek glijden.

Vijf vampiermeisjes vielen ter plekke flauw. Drie bijna. Een ander waaierde zich met haar vlakke hand wat lucht toe. Weer een ander staarde Murdo smekend aan.

Daka danste op en neer alsof ze op een trampoline stond. 'IK!' riep ze. 'Neem mij!' Ze sprong Murdo bijna omver.

Maar hij zag haar niet eens. Hij vloog doelgericht naar een meisje toe. Ze had lang blond haar. Ze had stralende blauwe ogen. En ze zat op Bogdans schouders.

Het waren niet de blonde haren die Murdo aantrokken. Ook niet de ogen. Het was haar geur. Murdo pakte Helenes hand. En hij nodigde haar met een ruk van zijn hoofd uit met hem het toneel op te vliegen.

Helene staarde Murdo met grote ogen aan.

'Dat zal niet gaan,' wierp Bogdan tegen. 'Ze kan niet vliegen.'

Murdo bekeek Helene met nog meer interesse. 'Geeft niet. Integendeel.'

Toen trok hij Helene van Bogdans schouder. Hij nam haar als een pop in zijn armen en vloog het toneel op.

Daka bleef midden in een sprong hangen. Haar mond klapte open. Ze kon maar één woord uitbrengen: 'H-e-l-e-n-e?'

Eenmaal op het podium legde Murdo Helene vlug uit wat ze moest doen. Toen begon hij te zingen. Het lied was wat langzamer en wat zachter dan de andere *Krypton Krax*-nummers. Maar niet veel.

Helene keek naar haar vrienden voor het podium. Ze zag hoe Bogdan centimeter voor centimeter naar Silvania opschoof terwijl Silvania haar toelachte. Daka leek wel bevroren, midden in haar looping. Ze keek Helene met grote ogen aan.

Helene voelde een windvlaag. Murdo was opgestegen en vloog met open armen om haar heen. Zijn handen waren lijkwit, lang en spichtig. Het leken wel twee witte spinnen. En hij had

pikzwart haar, met knalrode punten. Alsof er gevaarlijke door-
nen uit zijn hoofd groeiden. Maar het opwindendst waren zijn
feloranje ogen. Het leek wel of er echt vuur in gloeide.

Ze werd plotseling in haar gedachten gestoord toen Murdo
haar een microfoon voorhield. Snel zong ze, zoals afgespro-
ken: 'Schmoddel jobju je, jobju je, jobju je!'

Het volgende moment gooide Murdo de microfoon over zijn
schouder weg, tilde Helene op en draaide haar in het rond. Hij
gooide haar omhoog, vloog onder haar door en ving haar net
boven de vloer weer op. Toen trok hij haar op zijn rug en vloog
een dubbele looping met haar. Helene werd helemaal duizelig.
Van het gedraai, van Murdo's vurige ogen en van de roes
waarin ze verkeerde.

De toeschouwers klapten, floten en juichten. Wat een show!
Ze werden helemaal gek allemaal.

Allemaal? Nee. Een vampiermeisje met een zee-egelkapsel
hing met gekruiste armen in de lucht en staarde naar het toneel. Ze hield haar hoofd gebogen, fronste haar wenkbrauwen
en perste haar lippen op elkaar.

'Waar blijft ze nou?' Daka stond nog steeds met haar armen over elkaar. Ze keek geërgerd naar de wirwar van takken achter het toneel.

'Je hebt toch gehoord wat Bato zei?' antwoordde Silvania. Ze beet op haar lip en keek steeds naar de takken waarachter Murdo met Helene was verdwenen.

Ja, Daka had het gehoord. Maar ze kon het nog altijd niet geloven. Murdo had Helene na het concert zomaar mee backtree genomen. Om haar zijn handtekening te geven. Sinds wanneer kon dat niet meer in het openbaar?

Silvania keek haar zusje van opzij aan. 'Jij bent ook zenuwachtig, hè?'

'Ik? Gumox. Waarom zou ik zenuwachtig zijn?'

'Nou, om Helene natuurlijk. Per slot van rekening zit ze daar achter in de boom, alleen met Murdo.'

Daka keek haar zusje met een verstoorde blik aan. 'Alleen met Murdo,' fluisterde ze.

Silvania knikte. 'Heel alleen met een vampier.'

Daka kreunde. 'Tsss... Jij denkt dat Murdo gevaarlijk is. Dat hij Helene zal bijten of zo?'

'Ja, nogal wiedes. Wat anders?'

Daka maakte een afwijzend gebaar. 'Ik zou mijn hand voor Murdo in het vuur steken. Die doet Helene niks.'

'Hoe weet jij dat nou? Je kent hem niet eens.'

'O nee? Ik ben al bijna vijf jaar fan van *Krypton Krax*. En bovendien... bovendien zijn Bogdan en oom Vlad daar boven.' Daka wees naar de top van de boom. Bogdan en oom Vlad hingen ieder aan een tak en hielden goed in de gaten wat er achter het podium gebeurde.

'Maar dan nog. Het voelt niet goed,' wierp Silvania tegen. Ze wikkelde een streng roodbruin haar om haar vinger en keek haar zus bezorgd aan.

'Geloof me nou maar. Er gebeurt niks.'

'Als je daar zo zeker van bent, waarom heb je dan opeens zo'n pesthumeur?'

'Ik heb helemaal geen pesthumeur.' Daka haalde haar neus op.

'Wel waar. En hoe!' Silvania monsterde haar zusje. 'Je zegt nauwelijks iets, je staat daar helemaal ineengekrompen met zulke donkere ogen dat het zwartste dropje erbij verbleekt. En dat is al sinds…' Silvania tikte met haar wijsvinger tegen haar lippen… 'sinds Murdo Helene op het toneel heeft gehaald.'

Daka staarde recht de lucht in.

Silvania boog zich naar Daka's oor en zei plagerig: 'Sinds Murdo samen met Helene dat liefdesliedje zong.'

Daka draaide haar hoofd weg.

'En sinds de waanzinnig romantische luchtdans van die twee,' deed Silvania er nog een schepje bovenop.

'Pah!' zei Daka.

'Dakariaaa!' Silvania prikte haar zusje met een wijsvinger in haar zij. 'Je bent jaloers!'

Silvania's ogen schitterden triomfantelijk. Haar kleine zusje. Liefde, daar wilde ze nooit van weten. Ze lachte Silvania er altijd om uit. Liefde was bèèèh, onnozel en stom. Maar nu had het haar te pakken. Of niet soms?

'Hoe kom je erbij. Jaloers? Ik?' Daka schudde haar hoofd.

'T-o-t-a-l-e g-u-m-o-x!'

'Jaja. En waarom heb je dan zo'n grafhumeur?'

'Heb ik niet...' Daka zuchtte. 'Nou ja. Al baal ik wel, ja. Een beetje. Maar alleen omdat *Krypton Krax* MIJN lievelingsband is. IK ken al hun songteksten uit mijn hoofd. IK heb al hun nummers op mijn MP3-speler. IK heb alle interviews uitge-knipt. IK ben sowieso hun grootste fan. Murdo had MIJ op het toneel moeten vragen, niet...'

'Helene!' riep Silvania.

Helene sprong vanuit de boom het toneel op. 'Hebben jullie het over Murdo?'

Helenes ogen waren nog nooit zo stralend blauw.

'Het was zooooooo cool met hem!' ging Helene verder. 'Zoals hij me het toneel op haalde. En zoals hij met me danste!'

'Zag er niet uit,' bromde Daka. 'Luchtdansen, dat kunnen mensen niet.'

Silvania wierp haar zusje een bestraffende blik toe. Maar Helene had Daka's opmerking niet eens gehoord.

'En backtree,' ging Helene door, 'heeft hij zijn allernieuwste lied voor mij gezongen.'

'WAT?' Daka schudde verbouwereerd haar hoofd.

'Dat klinkt goed,' vond Silvania. Ze was dol op romantische verhalen.

Maar Daka wilde er niets meer van horen. Ze stopte haar oren met haar vingers dicht. Tot nieuwsgierigheid haar dwong ze er weer uit te halen.

'En Murdo...' Helene zuchtte diep. 'Hij is zo wonderbaarlijk geheimzinnig. Moet je kijken, hij heeft iets op mijn arm gete-kend, als aandenken.' Helene hield haar vriendinnen haar rechterarm voor.

Silvania boog zich geïnteresseerd voorover.

Daka gluurde vanuit haar ooghoeken naar de arm.

'Een vampierteken?' vroeg Silvania.

Helene knikte. 'Dat van Murdo. Dan kan ik hem niet vergeten, zei hij.' Helene lachte. 'Alsof ik dat nog zou kunnen.'

Silvania lachte terug.

Daka keek Helene verbijsterd aan. Ze kuchte.

'Tja, leuk verhaal. Maar dat was het dan. Je ziet Murdo nooit meer terug.'

'Wel waar,' zei Helene. 'Nou ja, misschien. Hij heeft beloofd dat hij met me gaat afspreken, zolang ik nog in Bistrië ben.'

'HÈ? Dat is onmogelijk!' Daka sloeg haar armen nog steviger over elkaar.

Helene keek haar verbaasd aan. 'Hoezo?'

'Nou, omdat... omdat Murdo daar helemaal geen tijd voor heeft. Hij is de zanger van *Krypton Krax*! Hij moet zich om zijn andere fans bekommeren.'

Helene keek Daka onderzoekend aan. Wat voor vleermuis spookte er in haar hoofd rond?

Silvania haakte zich links bij Daka en rechts bij Helene in. 'We zullen wel zien of Murdo echt een afspraak maakt. Maar nu is het feest. Kom op, wie lust er een bloedsuikerspin. Ik trakteer!'

Melkkoe

Helene kon die dag de slaap niet vatten. De Vampier Nationale Feestnacht had te veel indrukken achtergelaten. En Murdo. De zanger van *Krypton Krax*. Als ze haar ogen sloot zag ze de oranje gekleurde pupillen voor zich. En dan leek het wel of er een vuurtje ging branden. Heel diep van binnen.

Murdo was anders dan alle jongens die Helene ooit had ontmoet. Misschien omdat Murdo geen jongen wás. Murdo was een vampier. Alleen al bij die gedachte ging er een rilling over haar rug.

Bij het avondeten kreeg Helene geen hap naar binnen. Ze had het gevoel dat haar keel met gevoelens verstopt zat.

Ook Daka at bijna niets. Maar dat viel alleen Silvania op. Zelfs hun moeder merkte het niet. Ze had dan ook wel paranormale krachten nodig gehad om het te bespeuren. Zij zat niet met de rest van de familie aan tafel, maar alleen met Mihai in het voortreffelijke restaurant 'De Bloedige Bistro'. Mihai had zijn vrouw voor de 'dinmid' uitgenodigd.

De dinmid was in Bistrië pas sinds een paar jaar in de mode. Amerikaanse vampiers waren ermee begonnen. Het was een mengeling van het diner en het middernachteten. Zo'n dinmid begon 's avonds als het ging schemeren en het kon wel tot de ochtendschemer duren. Dat lag aan het aantal gangen dat werd geserveerd en aan het uithoudingsvermogen van de gasten. Mihai ging graag uit. Vooral met zijn wondermooie vrouw. Bovendien wilde hij ook wel eens met haar alleen zijn, hoeveel hij ook van zijn dochters hield.

Na het avondeten vloog tante Karpa met Woiwo naar haar zuster Slodka. Tante Karpa had een zwarte romper voor haar zus gebreid. Woiwo hield van tante Slodka. Ultimo. Tante Slodka kwijlde, poepte en schreeuwde als het haar uitkwam. Ze vroeg Woiwo nooit iets over school. Of wat hij wilde worden. Of hoe dat vuil onder zijn nagels kwam. Woiwo vond het cool dat hij een tante had die hij onder zijn arm kon pakken en meenemen.

Hoewel Slodka vijftig jaar eerder werd geboren dan tante Karpa, leek ze niet ouder dan elf maanden. Toen ze vijf maanden oud was, vertraagde haar verouderingsproces. Bij elf maanden was het helemaal gestopt. Slodka zou altijd elf maanden blijven, haar hele vampierleven lang. Niet dat ze daar problemen mee had.

Bij vampiers was het normaal dat het verouderingsproces op zeker moment ging vertragen. Maar meestal gebeurde dat veel later, als ze volwassen waren en in staat een eigen gezin te stichten.

Tante Karpa en de andere familieleden vonden het geweldig om altijd een baby'tje in de buurt te hebben. Tante Karpa bezocht haar zusje minstens één keer in de week. Woiwo ging meestal vrijwillig mee. Net als vandaag.

Maar Vlad Tepes had verplichtingen. Hij was kandidaat voor de Partij van de Bloedigste Eenheid. Hij moest naar een vergadering in de rodnyk. Zonder hem werd er niets besloten.

En zo kwam het dat Helene, Silvania en Daka vroeg in de avond alleen in de budnyk waren. Ze zaten om de insectentafel in de salon. Silvania las een dik boek. Daka zat met haar oordoppen in naar haar tenen te staren. Helene was bezig een spin op haar linkerarm te tekenen. Haar rechterarm had ze niet gewassen. Toch was Murdo's code iets vervaagd.

Plotseling vloog er een vleermuis door de kamer. Die liet een brief op tafel vallen, vloog nog een halve cirkel rond de tafel en toen weer door het raam naar buiten. Silvania, Daka en Helene staarden de vleermuis na. Toen staarden ze naar de brief.

'Voor Helene,' stond er met dikke, zwarte letters op.

Helene sprong op, greep de brief, ging met gekruiste benen op haar stoel zitten en vouwde de brief open. Ze begon te lezen. Haar handen beefden. Het puntje van haar neus werd spierwit.

'Is ie van Murdo?' vroeg Silvania.

'Gumox!' Daka trok de doppen uit haar oren.

Helene knikte van ja.

Daka stond in één ruk op, vloog naar de afhangketting en ging er ondersteboven aan hangen. Ze kruiste haar armen en haar voeten. En als ze had gekund, had ze ook nog haar oren gekruist.

'En, wat schrijft hij?' Silvania keek haar vriendin nieuwsgierig aan.

'Dat ik een zensatoi futzi zangeres en danseres ben.' Helenes stem bibberde van opwinding.

'Pffff...' kwam het van de afhangketting.

'En wat nog meer?'

'Hij wil me weer zien.'

De afhangketting knarste.

'Dat klinkt goed,' vond Silvania. Ze was expert in liefdesaangelegenheden. In theorie tenminste. 'Wanneer?'

'Vannacht.' Helene keek op haar horloge. 'Over twee uur al.'

Haar oren gloeiden. Ze zou Murdo weer zien!

Er klonk gegrom uit de richting van de afhangketting.

'Waar wil hij jou dan ontmoeten?' Silvania was al bijna net zo opgewonden als Helene.

'In het bos.'

'Wat romantisch!' Silvania zag het al helemaal voor zich. Een open plek in het bos. De maan hoog boven de bomen. De fonkelende sterren. De warme adem in de koele nacht.

Helene vouwde de brief dicht en stopte hem in haar broekzak. Toen liet ze zich achterover in haar stoel vallen, legde een hand op haar hart en zuchtte diep.

'Al hartkloppingen?' vroeg Silvania.

Helene schudde haar hoofd. 'Het borrelt. Diep van binnen.' Ze wees op haar buik.

Silvania knikte wijsneuzig. 'Een duidelijk teken.'

'Waarvan?' vroeg Helene.

'Van diarree,' zei Daka.

Silvania sloeg geen acht op haar zusje. 'En kriebelt het ook? In je tenen, je maag of in je vingertoppen?'

'Kriebelen? Mijn oren kriebelen wel een beetje,' zei Helene.

'Interessant.' Silvania legde haar wijsvinger tegen het puntje van haar neus en bekeek Helene met onderzoekende blik.

'Even uitspuiten dus,' bromde Daka.

Helene keek Daka verward aan.

'Je moet Daka vandaag maar niet serieus nemen,' verklaarde Silvania. 'Ze... is... ze heeft... een slechte dag.'

'Een slechte nacht bedoel je,' zei Helene.

'Heb ik helemaal niet.' Daka stak haar tong uit naar Silvania. Maar die zag het niet, ze had zich al weer naar Helene gedraaid. 'Laat me eens raden, jij hebt de hele dag geen oog dicht gedaan.'

'Klopt. En ik kon ook niet eten,' zei Helene.

'Dan is het wel duidelijk,' vatte Silvania het hele gesprek samen. 'Zo vergaat het de hoofdrolspelers in mijn boeken ook altijd. Soms duurt het maanden. Geen twijfel mogelijk. Helene, jij bent verliefd.'

Het leek wel of iemand twee strijkijzers tegen Helenes oren gedrukt had, zo gloeiden ze.

'Foemps,' was Daka's commentaar.

'Hoezo foemps? Verliefd zijn is juist heel mooi.' Silvania had zich weer naar haar zusje omgedraaid. Daka praatte soms net als een kleuter. Die vonden liefde foemps en in plassen stampen boibine in plaats van omgekeerd.

'Kan wel zijn,' zei Daka, 'maar niet als je kansloos verliefd bent.'

'Hoe bedoel je?' vroeg Helene.

'Jij en Murdo. Dat is toch totale gumox?' Daka vertrok haar mond.

'Hoezo?' beet Helene haar toe.

'Nou, omdat Murdo... hij is... ehm... gewoon niet het juiste type voor jou. En jij niet voor hem.'

'Oh. En wie zou dan volgens jou wel het juiste type voor Murdo zijn?' Helene keek Daka nieuwsgierig aan.

'Geen idee. In elk geval niet zo'n mensenmeisje, net als jij.'

'Hij heeft me dan toch maar mooi het toneel opgehaald, mij, een mensenmeisje.'

'Ja, maar alleen omdat je zo lekker ruikt naar... ehhh... naar mens.'

Plotseling ademde Silvania hoorbaar in. Nu begreep ze pas wat haar zus bezielde. Ze was niet jaloers, ze was juist erg bezorgd om Helene.

'Daka heeft gelijk, Helene.'

'Waarmee?'

Silvania keek haar vriendin meelevend aan. Wat ze nu moest gaan zeggen, was niet leuk.

'Helene, het kan best zijn dat Murdo je alleen maar wil omdat je een mens bent. Begrijp je? Hij is vampier, dat mag je nooit vergeten. En jij bent mens. Dat is zoiets als...'

'Als een melkkoe voor de boeren,' vulde Daka aan.

'Een melkkoe? Ik... een melkkoe?'

'Nee, Daka overdrijft een beetje,' kwam Silvania er snel tussen. 'Maar het kan in elk geval wel zo zijn dat Murdo jou niet wil kussen maar...'

'Bijten!' flapte Daka eruit. Ze liet haar tanden zien.

'Je mag hem in geen geval alleen ontmoeten,' ging Silvania verder. 'Dat is...'

'Veel, veel, veel te gevaarlijk,' zei Daka.

Silvania keek haar zus geïrriteerd aan. Daka had wel gelijk, maar moest ze er elke keer tussenkomen?

'Als je met hem het bos in gaat...'

'Boort hij zijn hoektanden in jouw hals en zuigt je helemaal leeg.' Daka maakte een slurpend geluid.

Silvania draaide zich zenuwachtig naar haar zusje om. 'Overdrijf toch niet zo. En laat me eens uitpraten.'

'Doe ik toch. Maar jij wacht altijd zo lang na een paar woorden. Dan denk ik dat je al klaar bent.'

'Pauzes horen erbij als je praat. Om accenten te leggen. Dat is een simpele taalkundige regel.'

'Misschien moet jij niet zoveel regelen, maar gewoon zeggen wat er aan de hand is.'

'Zoals jij doet zeker. En Helene angst aanjagen.'

'Helene laat zich heus niet zo snel bang maken. Zo is het toch, Helene?' Daka keek naar de insectentafel. De stoel waarop Helene net nog zat was leeg. Silvania keek om zich heen. 'Helene?'

'Ze is weg,' zei Daka.

'O NEE!' Silvania greep naar haar hoofd.

'Ver kan ze niet zijn,' dacht Daka.

'Maar we moeten haar vinden. NU METEEN.' Silvania sprong op en holde naar de keuken. Geen Helene.

Daka vloog naar boven. Geen Helene. Silvania flopste naar de benedenverdieping. Geen Helene. De zusjes zochten op het toilet. Geen Helene. Alleen Giuseppe. Hij had Helene ook niet gezien.

Ten slotte ontdekte Daka aan een van de budnykvensters een touwladder, die naar buiten hing.

'Ze is er vandoor.'

Silvania staarde onthutst naar de touwladder. En van de touwladder naar de klok. Toen keek ze haar zus met wijd opengesperde ogen aan.

'MURDO!' riepen de zusjes als uit één mond.

'We moeten haar redden!' zei Silvania. En wat ze haar hele leven nooit goed gedurfd had... ze sprong pardoes het raam uit, het luchtruim in.

De sprekende encyclopedie

Al bijna een uur vlogen Daka en Silvania nu kriskras door Bistrië. Geen enkele straat, zelfs niet het kleinste steegje, hadden ze overgeslagen. Ze hadden op elk station in alle sarco's gekeken, in alle winkels, en ook in de school. Ze waren door de buitenwijken gevlogen en door het centrum. Ze waren naar het rotsplateau en naar de uitgang van de grot gevlogen. Niets. Geen spoor van Helene.

'Maar een mens kan in een vampierstad toch zomaar niet verdwijnen?' zei Daka. Ze hing naast Silvania op haar kop aan een transportbaan.

'O nee? Als het ergens gebeuren kan dan juist hier! Weet je nog hoe verlekkerd iedereen naar Helene keek, als wij met haar langsliepen. Hoe ze haar geur opsnoven?'

'Jawel. Maar iedereen weet ook dat Helene bij ons hoort. Niemand zou een vriendin van de familie Tepes iets aandoen, toch?' wierp Daka tegen.

'Daar ben ik niet zo zeker van.' Silvania keek naar een vampier die net bij Dudu een stuk lever had gekocht om het in volle vlucht in één hap op te slokken.

'Ik ook niet,' zei Daka zachtjes.

'Geldt dat ook voor Murdo?' vroeg Silvania.

Daka keek haar zusje vragend aan.

'Je zei toch dat je voor Murdo je hand in het vuur durfde te steken, dat hij Helene niets zou doen?'

Daka krabde zich op haar hoofd. 'Eigenlijk ken ik alleen zijn muziek echt goed. Ik weet alleen dat hij Murdo Dako-Apusenu heet en dat hij uit een klein dorpje komt, aan de grens van Transsylvanië. En ik heb ook ergens gelezen dat hij het liefst hoog boven de grond slaapt en dat hij kampioen doodshoofd kegelen was.'

Silvania trok een bedenkelijk gezicht. 'Dat helpt ons niet veel verder,' zei ze. 'We moeten meer te weten komen over hem. Als Helene echt met hem is meegegaan, en daar ziet het wel naar uit, dan moeten we weten wie die Murdo eigenlijk is.'

Op dat moment vloog de transportbaan net voorbij restaurant 'De Bloedige Bistro'. Toen schudden ze tegelijk hun hoofd. Nee, het was beter hun ouders nog niets over Helenes verdwijning te vertellen. Dan zouden ze de dinmid voor hen bederven. En ze wilden ook niet dat Elvira El Virus werd en dat Mihai de Vampol, de Internationale Vampier Politie, zou inschakelen. Ze konden hun ouders altijd nog inlichten als... nou ja, als het echt nodig was.

'Daarginds is de bibliotheek,' zei Silvania. 'Loslaten.'

Ze maakten zich los van de transportbaan en vlogen direct door naar de biblionyk.

Converso Enzyklopo had het zich op zijn vaste plek in het pad tussen de letters B en D gemakkelijk gemaakt. Converso Enzyklopo was een van de oudste nog levende vampiers ter wereld. Een paar oude vrienden noemden hem 'Conni' of 'Enzo'. Voor de meeste andere vampiers en voor de bezoekers van de biblionyk echter was hij Converso Enzyklopo, de sprekende encyclopedie.

Converso behoorde niet alleen tot de oudste vampiers, hij had ook een ijzersterk geheugen. Daar had hij zijn werk in de biblionyk aan te danken. Dat werk werd niet erg goed betaald.

Maar het was er wel rustig, droog en stoffig. Precies zoals hij het graag had.

Converso Enzyklopo lag op een boekenplank. Een stapel tijdschriften diende als kussen voor zijn kale kop. Naast hem stond een thermoskan met lauwwarm vers bloed. Hij las een detective. Voor de honderdentwintigste keer. Jammer genoeg wist hij dus al hoe het afliep. Dat wist hij ook al toen hij het nog maar één keer had gelezen, trouwens.

'Meneer Enzyklopo?' klonk opeens een meisjesstem.

Converso Enzyklopo ging rechtop zitten. Hij herkende het meisje onmiddellijk. Silvania Tepes. Dochter van Elvira en Mihai Tepes. Halfvampier. Twaalf jaar oud. Speelde cello. Een paar weken geleden naar Bindburg verhuisd.

'Wij willen graag informatie van u,' zei een ander meisje.

Eén enkele blik en Converso Enzyklopo wist het al. Dakaria Tepes. Tweelingzus van Silvania. Zeven minuten jonger. In het bezit van een bloedzuiger genaamd Kareltje. Drummer.

Converso Enzyklopo kende de zusjes al sinds ze naar school gingen. Ze hadden vaak zijn raad gevraagd in de biblionyk. Over een werkstuk geschiedenis, bijvoorbeeld.

'En wel rapedadi,' zei Daka.

'Ik weet het, ik weet het. Tegenwoordig moet alles rapedadi.' Meneer Enzyklopo streek over zijn kale hoofd en daarna over zijn jas. 'Maar dat is geen probleem. Ik ben wel zo oud als de wereld, maar langzaam ben ik niet. Zeg maar, wat moet ik voor jullie uit mijn geheugen opvissen?'

'Murdo Dako-Apusenu,' zei Daka.

'We moeten echt alles over hem weten. Wat hij graag eet, welke hobby's hij heeft, wie zijn ouders zijn, of hij broers en zusjes heeft, waar hij vandaan komt... Alles gewoon.'

'En of hij een vriendin heeft. Of vrienden,' voegde Daka er snel aan toe.

Silvania maakte een kreunend geluid.

Converso Enzyklopo knikte. 'Murdo Dako-Apusenu.' Zijn hersens begonnen ogenblikkelijk te werken. Als een zoekmachine op internet doorzocht meneer Enzyklopo al zijn herinneringen. Ze gingen terug tot de tijd waarin de mensen nog in holen leefden en vampiers nog in nesten. Opeens verstarde hij.

'En?' vroeg Daka.

'Maar – Murdo Dako-Apusenu is toch een levende vampier!' riep meneer Enzyklopo uit.

'Natuurlijk. Dat is juist het probleem,' zei Silvania.

Converso Enzyklopo schudde zijn hoofd. 'Hebben jullie nog niet over de nieuwe wet gehoord? Die werd een paar dagen geleden in de rodnyk aangenomen. Iedere vampier heeft recht op privacy. Daarom mag de biblionyk niet langer vertrouwelijke informatie over levende vampiers verstrekken.'

'Wat is dat nou weer voor een gumox!' Daka keek meneer Enzyklopo verbijsterd aan.

'Maar... maar wij MOETEN iets over Murdo te weten komen,' zei Silvania. Ze keek Converso Enzyklopo smekend aan. 'Alstublieft! Het gaat om leven en dood.'

'Om *jullie* leven?' vroeg meneer Enzyklopo.

'Nee. Om het leven van onze beste vriendin,' zei Silvania.

'Onze enige,' voegde Daka eraan toe.

Converso Enzyklopo werd nieuwsgierig. Hij hield van spannende verhalen. En omdat hij alle spannende verhalen al kende, verlangde hij naar nieuwe spannende verhalen. En dit hier leek een spannend verhaal te worden... Heel spannend zelfs. 'Vertel nu eerst eens rustig wat er gebeurd is.'

Silvania zuchtte. 'Daar hebben we nu geen tijd meer voor. Over een paar minuten is het middernacht.'

'En dan is Helene samen met Murdo,' verduidelijkte Daka.

'Ook goed, dan vertellen jullie het heel snel,' zei Converso Enzyklopo. Dit verhaal klonk als een reuzengrote chocoladetaart. Het liefst had Converso die taart in alle rust op zijn tong laten smelten. Maar nu moest hij hem in één hap opschrokken. Altijd nog beter dan géén chocoladetaart.

Daka en Silvania keken elkaar aan. Toen haalden ze hun schouders op en begonnen te vertellen. Ze spraken snel en luid en vielen elkaar telkens in de rede. Ze praatten met handen, voeten en oren. In minder dan een minuut hadden ze meneer Enzyklopo alles uitgelegd.

Converso streek zich met beide handen over zijn gladde schedel. Dit was werkelijk een spannend verhaal. Een mensenmeisje tussen de vampiers. Verliefd op een vampier. En samen met hem in het bos. Achtervolgd door twee halfvampiers.

'Zegt u ons nu alstublieft, of Murdo Dako-Apusenu te vertrouwen is?' Silvania keek Converso met haar liefste glimlach aan.

Converso Enzyklopo keek van het ene meisje naar het andere. Hij mocht de twee zusjes heel graag. Ze hadden zijn leven verrijkt met een nieuw spannend verhaal. Bovendien waren ze de dochters van Mihai Tepes. Die weer de zoon was van Sango Tepes. Zoon van Inalta Tepes. Inalta Tepes, geboren Bradet, was de zus van Crudo Bradet. Met hem had Converso eeuwenlang in een grothockeyteam gespeeld. En meestal met succes. Converso Enzyklopo besloot de nieuwe wet wat losjes te interpreteren.

'Goed dan. Ik kan jullie wel enige informatie geven.'

Silvania haalde opgelucht adem. Daka spitste haar oren.

'Murdo Dako-Apusenu komt uit het zuiden van Transsylvanië, uit de Zuid-Karpaten om precies te zijn. Hij heeft vijftien broers en zusjes. Maar dat zal jullie niet zoveel interesseren. Wat voor jullie interessant is...' Converso Enzyklopo wachtte even en keek de tweeling aan.

'Ja?' vroeg Daka.

Silvania knikte de Sprekende Encyclopedie toe.

'... dat is helaas niet zo'n goed bericht,' zei Converso.

'Murdo heeft al een vriendin?' vroeg Daka.

Meneer Enzyklopo keek haar verward aan. Toen schudde hij zijn hoofd.

'Murdo's lievelingsdrank is vers mensenmeisjesbloed?' vroeg Silvania ademloos.

Meneer Enzyklopo boog zich voorover en fluisterde: 'Ik kan de familiegeschiedenis van de Dako-Apusenus tot aan de oertijd terughalen. Murdo stamt af van een uiterst bloeddorstige vampierfamilie. Zijn voorvaderen behoorden tot de tak van de transgiganten. Jullie weten toch hopelijk wel wat dat betekent?'

Daka en Silvania keken Converso Enzyklopo met open mond aan. Toen knikten ze langzaam.

Meneer Enzyklopo knikte ook. 'Jullie hebben geen tijd te verliezen.'

Hij was nog niet uitgesproken of de meisjes sprongen op. Ze riepen meneer Enzyklopo 'datiboi' toe en weg waren ze.

Converso Enzyklopo strekte zich weer uit op de boekenplank. Voor de eerste keer van zijn leven wist hij niet of hij het einde van het verhaal wilde horen. Dat kon wel eens heel slecht aflopen.

Jaloezie

'Bogdan. Ik ga naar de kapper. Wil je echt niet mee, mijn mol-letje?'

'Nee mama,' riep Bogdan terug. 'Veel plezier!'

Bogdan haatte kappers. En alle kappers haatten Bogdans haar. Daar was geen model in te krijgen. Toch ging Bogdan soms met zijn moeder mee. Alleen om haar een plezier te doen. Maar nu had hij belangrijkere zaken aan zijn hoofd. Hij had bij de biblionyk een dvd geleend: 'Dansen leren. Pas voor pas.' Hij probeerde de passen van de dansers na te doen. Links – tap. Rechts – tap. Door de knieën. Schudden. En weer links – tap, rechts – tap. Nu de draai. Bogdan maakte vaart. Hij ging op zijn tenen staan. Hij wankelde door de kamer. Tot voor het raam. Hij kon zich nog net aan de vensterbank vastgrijpen.

'Oef!' kreunde hij.

Het volgende moment sperde hij zijn ogen wijd open.

'Silvania! Daka!' riep hij zo hard hij kon. De zusjes vlogen juist zijn budnyk voorbij. Ze vlogen heel snel. Zelfs Silvania. Dat deed ze echt niet vrijwillig. Bogdan zag vanuit de verte dat ze rode kringen om haar ogen had. Ze was zenuwachtig. Waarom?

'Bogdan!' Silvania hield in. Toen vloog ze, achtervolgd door Daka, naar het raam.

Bogdan zette vlug de tv uit. 'Wat is er? Waarom hebben jullie zo'n haast?'

Silvania liet zich op de vensterbank vallen. Ze ademde zwaar.

'Helene,' hijgde ze.

Daka ging ondersteboven aan een uitsteeksel aan de buitenmuur hangen. Zij was nog lang niet buiten adem. Ze vertelde
Bogdan in de gauwigheid over Murdo's afspraak met Helene
en over wat ze in de biblionyk te weten waren gekomen.

'Dat is niet zo best,' stelde Bogdan vast. Hij was snel van begrip.

Silvania knikte. 'Helene is absoluut in gevaar.'

'Murdo zal haar bijten en leegzuigen,' zei Daka.

'En wat moeten we dan tegen haar vader zeggen?' Silvania
snifte. 'Dat hij naar Transsylvanië moet komen, als hij zijn
dochter ooit nog terug wil zien?'

'En dat ze of dood is, of een bloeddorstige vampier is geworden,' vulde Bogdan aan. Hij had een uitgesproken talent voor
de logica van oorzaak en gevolg.

'En dat is onze schuld. Wij hebben haar in het ongeluk gestort.
We hebben haar niet tegengehouden. En nu is ze verdwenen.'
Silvania slikte.

Vanaf de buitenmuur kwam gemompel. 'Het is ook wel een
beetje Helenes eigen schuld,' bromde Daka zachtjes.

'Wát zeg je?'

'Nou ja. Moet ze maar niet verliefd worden op een vampier.
Dan weet ze van te voren dat ze gebeten wordt. En terecht.'
Daka haalde haar schouders op.

'Dakaria Tepes!' riep Silvania. 'Heeft er een vleermuis in je hersens gekotst?'

Nu was het Bogdans beurt om verwonderd te kijken. Zo kende
hij Silvania niet.

'Nou, het is toch zeker zo!' Daka kruiste haar armen. 'Als Helene echt gelooft dat Murdo Dako-Apusenu, transgigant en
zanger van *Krypton Krax* verliefd is op haar, een mensenmeisje

dat niet eens erg hoog kan springen, dan is dat toch gewoon…
dat is… totale gumox.'

'Wil dat zeggen dat je niet verder wilt zoeken?' Silvania's ogen
fonkelden donkergroen.

Daka haalde haar schouders op. Ze keek vlug de andere kant
op, om de stekende blik van haar zus te ontwijken.

Bogdan keek van de een naar de ander. Hij kuchte. 'Luister, ik
weet er niet veel van. Maar ik heb zo een vermoeden. Ben jij
soms jaloers, Daka?'

Bogdan kon ook heel goed iemand doorzien.

'Pfff,' deed Daka.

Silvania schonk Bogdan een dankbare blik. Het was dus waar,
wat zij al vanaf het begin had gedacht. 'Zie je nou wel, Daka,
zelfs Bogdan heeft het gemerkt. Ontken het nou maar niet.'

'Mijn moeder zegt altijd, dat je voor je gevoel uit moet komen.
Dat je anders een lafaard bent.'

'Ik kom toch ook voor mijn gevoel uit!' Daka zette haar handen
in de zij.

'Dus je geeft toe dat je stapelgek bent op Murdo?' vroeg Silvania.

Daka spitste haar lippen. 'Een beetje. Maar alleen omdat ie
zulke grafgave muziek maakt.'

'Geef je ook toe dat je jaloers bent op Helene?' vroeg Silvania.

'Hm.' Daka trok een scheve mond. 'Ja, ergens wel een beetje.
Zal wel. Maar alleen omdat ik Murdo al veel langer ken en een
veel grotere fan ben van *Krypton Krax*. Het is gewoon niet eerlijk.'

Silvania keek haar zus begrijpend aan. Uiteindelijk stak ze
haar hand uit en trok Daka naast zich op de vensterbank. Ze
streek over haar rug.

'Weet je wat niet eerlijk is? Dat je Helene in de steek laat. Alleen uit jaloezie. Wil je dan echt dat Murdo haar bijt en leegzuigt?'

'Dan heb je een vriendin minder,' stelde Bogdan vast.

'En je hebt er maar één,' zei Silvania.

Daka zuchtte diep.

'Als je eenmaal een echt goede vriendin hebt gevonden, moet je haar beschermen,' zei Bogdan. Hij wierp een zijdelingse blik op Silvania.

'Je hebt beloofd dat je altijd bij Helene in de buurt zou blijven. Ben je dat nu al vergeten?' Silvania keek haar zus uitdagend aan.

Daka keek naar de lucht. Silvania had gelijk. Alweer. Zou het ooit veranderen? Natuurlijk wilde Daka Helene redden. Ze was haar allerbeste vriendin. En als het aan Daka lag, zou dat ook altijd zo blijven. Ze knikte langzaam.

Op dat moment schoof de grote wijzer van de klok op de rodnyk naar de twaalf. Het sloeg middernacht.

Silvania, Daka en Bogdan schrokken op. Twee seconden later waren ze al opgestegen en vlogen ze naar de rand van de afgrond bij de uitgang van de grot. Zó snel dat meneer Avion, de leraar vliegen die net uit zijn budnyk kwam, hen meteen voor zijn sprintploeg noteerde.

Voor de uitgang van de onderaardse stad hielden ze in. De nacht lag als een zwarte mantel over het woud. De lucht was koel. Het rook naar herfst, mens en stekelvarken.

'We verspreiden ons,' zei Bogdan. 'We nemen elk een luchtlaag.'

'Ik neem de bovenste,' zei Daka onmiddellijk. Zij was de beste vlieger.

'Goed, dan neem ik de middelste, en jij, Silvania, de onderste. Mee eens?'

Silvania, Daka en Bogdan knikten naar elkaar. Toen vlogen ze op en stortten zich met wijd uitgespreide armen in het donker. Zouden ze Helene nog op tijd kunnen vinden?

Er kraakte een tak onder zijn nieuwe outdoor-schoenen. Dirk van Kombast bleef onmiddellijk staan. Hij maakte zich zo klein als dat met zijn 1 meter 93 mogelijk was. Toen gluurde hij voorzichtig om een boom. Ze hadden hem niet opgemerkt. Dirk slaakte een zucht van opluchting.

Ongeveer tien minuten geleden was hij als een gek zijn tent uit getijgerd. Want toen was Helene Steenbrugge voor de ingang van het hol opgedoken. Ze was doelbewust het bos ingegaan. Dirk van Kombast was zo slim geweest om op het laatste moment nog zijn Garlic Gun te grijpen en toen was hij haar gevolgd. Hoe belangrijk dat knoflookpistool in deze omstandigheden was, werd al een paar minuten later duidelijk. Helene liep naar de plek, waar de vorige nacht de Vampier Nationele Feestnacht had plaatsgevonden. Daar werd ze opgewacht. Niet door die twee vriendinnen. Ook niet door Mihai en Elvira Tepes. Nee, door een onbekende vampier.

Als vertegenwoordiger van medische artikelen had Dirk van Kombast zich getraind in het onthouden van gezichten. Hij herkende de vampier dan ook meteen: het was de zanger van die oorpijnveroorzakende band. Dirk van Kombast had gezien hoe die zanger Helene het toneel op had gehaald, en hoe hij haar steeds hoog in de lucht had gegooid en weer opgevangen. Alsof ze een jojo was. Die vampier moest een geweldige kracht bezitten. Terwijl hij toch hoogstens zestien of zeventien jaar kon zijn.

Wat was die zingende vampier met Helene Steenbrugge van

plan? Wilde hij haar de sterren laten zien? Vast niet. Hoe had hij het klaargespeeld haar naar het bos toe te lokken? Had hij haar gehypnotiseerd? Dat was heel goed mogelijk. En waar waren Helenes vriendinnen? Wilden ze Helene aan die vampier offeren? Was dat de eigenlijke reden om haar mee te nemen naar Transsylvanië? Dirk van Kombast twijfelde. Maar aan de andere kant... van vampiers kon je alles verwachten.

Gelukkig dat hij ter plaatse was. Met wakkere blik, zijn verstand op scherp, de vinger aan de trekker. Ook al kende hij Helene Steenbrugge alleen van zien. En ook al was ze bevriend met twee halfvampiers. Ze was en bleef een mens. Dirk van Kombast voelde zich alleen al daarom met haar verbonden. Hij zou Helene en die vampier niet uit het oog verliezen.

Maar nadat hij hen een paar meter was gevolgd, moest hij vaststellen dat dat niet zo gemakkelijk zou zijn. Want Helene en de vampier verdwenen in een klein, zwart gat. De ingang van een hol, waarschijnlijk.

Dirk van Kombast aarzelde. Zou hij hen volgen? Hij kon misschien niet eens door dat gat. Dan zou hij daarin blijven steken als een hotdogworst in een broodje. Dan kon hij niet voor- of achteruit. Dan was hij aan de vampiers overgeleverd. Die konden dan ongehinderd toebijten. Dirk van Kombast streek over zijn hals. Hij besloot voor het hol te wachten. Hij zou op de loer gaan liggen. Misschien zou hij wel even zijn hoofd in het gat steken. Héél even dan.

Zoektocht in drie lagen

Daka had de capuchon van haar warme zwarte hoody opgezet en dichtgeknoopt. Had ze tenminste het gevoel dat ze een helm op had. Die had ze eigenlijk wel nodig. Ze schoot met een gemiddelde snelheid van vijftig kilometer per uur door het bos. Hoog tussen de bomen door. Slalommend als een skiër bij de grote afdaling. Soms sloeg ze een blad af. Soms een tak. En één keer zelfs een eekhoorn van een tak.

Daka wilde Murdo en Helene in elk geval niet voorbijvliegen. Ze hield haar ogen wijd open en was uiterst geconcentreerd. Dat was moeilijk. Want er jeukte iets bij haar rechterteen. Het was niet een van de korreltjes geboortegrond, die ze tussen haar tenen bewaarde. Het waren ook niet haar dikke sokken vol met gaten. Haar rechterteen jeukte uit schuldgevoel. Ze snapte niet hoe het daarin gekomen was. Maar het zat er. En het jeukte. Als ze niet zo jaloers was geweest en niet zo lang had getwijfeld, als Silvania en Bogdan haar niet hadden hoeven ompraten, hadden ze Helene vast al lang gevonden. Maar nu was het al een kwartier na middernacht. En was er van Helene en Murdo nog geen spoor te bekennen.

Ongeveer tien meter onder Daka vloog Bogdan. Zijn middenscheiding was door de wind verwaaid. Zijn hazelnootbruine ogen traanden. Ook door de wind. Niet omdat ze Helene nog niet gevonden hadden. Al zou dat een goede reden zijn geweest. Af en toe keek hij naar beneden, naar Silvania.

Silvania vloog vlak boven de grond. Het was heus niet gemakkelijk om in een bos naar Helene en Murdo te zoeken en tegelijkertijd de stammen te ontwijken, die in moordende snelheid op haar af kwamen. Daarbij had ze ook nog extra gewicht mee te torsen. Geen handbagage, maar meer voetbagage. In de punten van haar schoenen, die als ouderwetse schaatsen naar boven krulden, hadden zich hopen takken, bladeren en grasprieten verzameld. Silvania probeerde die voetbagage af te schudden. 'Foemps,' foeterde ze. Ze keek naar haar schoenen, schudde met de punten en riep: 'Znicnak!'

De takken, bladeren en grasprieten bleven zitten waar ze zaten. Misschien verstonden ze geen vampiers.

Silvania keek weer voor zich en... 'AAAaaahhhHHAAAaaahhHHHAAAaaahhHHH!' gilde ze.

Het laatste wat ze zag was een tent, die helemaal met takken, twijgen, mos en blad bedekt was. Toen werd het stikdonker.

WOESJH!

Silvania schoot met 30 kilometer per uur de tent in. KNATS!

Silvania vloog tegen de achterwand. KRRRT! KRRRT! KRRT!

De touwen van de tent knapten. ROEMS!

Silvania vloog verder, met tent en al. Ze leek wel een carnavalsvierder die zich als spook verkleed had. Of als vliegende tent. Dat laatste was wel wat origineler.

Ze zwalkte naar rechts. 'POOOOOMPFE!' (Dat betekende 'help'.)

Ze zwalkte naar links. Op twee centimeter langs een boom.

Ze zwalkte naar boven. Daar spietste ze Bogdan bijna op een stang van de tent.

Ze zwalkte naar beneden. En miste op een haar na een boomstronk.

Ze vloog naar voren. Recht op een boomstam af. Als ze die boom had gezien, had ze nog kunnen remmen. Of uitwijken.

Maar Silvania zag alleen maar die tent. Ze knalde tegen de boom. 'AIJ!' Dat betekende zoiets als 'ai' of 'oeps'.

Bogdan was er het eerst. Hij bevrijdde Silvania uit de tent. Ze bleef kreunend liggen. Toen ging hij naast haar zitten tussen de bladeren, legde zijn arm om haar heen en spuugde drie keer met zoveel mogelijk spuug op haar hoofd. Precies op de plek waarmee ze tegen de boom was geknald.

Toen kwam Daka van boven de bomen naar beneden geploft. Ze schoof naast haar zusje, streelde haar hand en maakte kauwbewegingen om speeksel in haar mond te verzamelen. Ze wilde die op Silvania's builen spugen, maar die weerde haar af.

'Datiboi, Daka, Bogdan heeft me al bespuugd. Genoeg voor drie bulten.'

Bogdan glimlachte naar Silvania. Hij was blij dat hij zo goed eerste hulp had kunnen verlenen. Bij vampiers was spuug al vanouds het beste middel tegen pijn. De helende werking was tot dan toe medisch gezien nog niet bewezen. Maar het leidde in elk geval van de pijn af.

Teleurgesteld slikte Daka haar spuug door. 'Heb je niet ergens iets gebroken of zo?'

Silvania tilde haar linkerarm op. Daarna haar rechterarm. Haar linkerbeen en daarna haar rechterbeen. Ze schudde haar billen en rolde met haar heupen. 'Nee. Alles in orde. Ik ben alleen een beetje duizelig. Het rook zo vreemd in die tent.'

'Naar luchtbedden?' vroeg Daka.

'Of impregneerspray?' vroeg Bogdan.

Silvania schudde nadenkend haar hoofd.

'Het was een vreemde mengeling van knoflook, oude poetsdoeken, stekelvarken en... en nog een geur, die ik ergens van ken.' Silvania liet haar neusvleugels trillen. Maar waarvan ze die geur kende, dat schoot haar niet te binnen. Het had iets met Bindburg te maken. Met school misschien? Of met de Lindenstraat? Ze wist het niet.

'Wat doen we met die tent,' vroeg Bogdan.

'We hebben echt geen tijd om hem weer op te zetten,' meende Daka. 'We moeten Helene vinden.'

'Daka heeft gelijk,' zei Silvania. 'Ik weet al wat we doen.'

Silvania, Daka en Bogdan sleepten de tent snel terug naar de plek waar hij had gestaan. Silvania vond een bloknoot en een ballpoint in een hoek van de tent. Ze schreef: *Sorry. We hebben de tent omver gevlogen. Hebben helaas geen tijd om hem weer op te zetten. Als er iets kapot is wendt u zich dan tot: Vlad Tepes, Bistrië, Budnyk gurond 352. Azdio!*

P.S. De tent moet nodig worden gelucht.

Silvania stak het briefje op een stang. Toen verhief ze zich samen met Daka en Bogdan van de aardbodem. De tijd drong. Ze moesten Helene redden.

Oorwrijven

Zwijgend verlieten ze de geheime grot. Murdo hielp Helene uit de nauwe toegang. Hij bood haar zijn lijkwitte, koude hand. Helene nam hem aan. Zijn lange vingers sloten zich om haar hand als de tentakels van een inktvis. Zo liepen ze door het bos. Hand in hand.

Helene bibberde van kou, vervoering en spanning. Murdo zei niet veel. Maar sinds Helene op hun afspraak in het bos verschenen was, verslond hij haar met zijn oranje ogen.

'Vond je het leuk?' vroeg Murdo. Zijn kalme, diepe stem leek uit de spelonken der aarde te komen.

Helene knikte. 'Ik heb nog nooit zoiets moois gezien.' Murdo had Helene naar een grot gebracht. Een geheime grot, die hij zelf had ontdekt. Daar had hij Helene glinsterende stenen, waterhagedissen en kreeften laten zien. Helene voelde zich in die grot al net zo op haar gemak als op een kerkhof. Ze glimlachte naar Murdo.

Murdo keek ernstig terug. Hij hield haar hand stevig vast. In het blauwachtige maanlicht leek zijn huid nog bleker. Op zijn voorhoofd kon je een adertje zien lopen. Zijn lippen waren smal en donkerpaars. Zijn spitse hoektanden staken zichtbaar uit. Murdo had krachtige jukbeenderen, zijn wangen waren licht ingevallen. Hij had zware wenkbrauwen. En zijn ogen, met de dikke zwarte wimpers, lagen diep in de holtes.

Murdo was minstens een kop groter dan Helene. Hij was slank en zijn armen waren buitenproportioneel lang. Zijn voeten buitenproportioneel groot.

Helene vond Murdo onweerstaanbaar. En hij was boeiend. En romantisch. En gevaarlijk. Murdo was perfect. Helene was blij dat ze nog net voor de ontmoeting haar hoorapparaatjes uit haar oren had getrokken en in haar broekzak had gestopt. Zij wilde ook perfect zijn. Perfect voor Murdo.

Uit haar ooghoek zag ze, hoe Murdo stiekem wat speeksel uit zijn mondhoek veegde. Kwijlde hij? Het was Helene al vaker opgevallen dat veel vampiers in Bistrië dat deden. Waarschijnlijk produceerden ze meer speeksel dan mensen. Of...

Helene dacht aan de waarschuwing van haar beste vriendinnen. En aan Ludo's voorspelling: 'Zonder je vriendinnen zul je niet alleen zijn daar in Bistrië, maar wel in groot gevaar.' Was ze in gevaar met Murdo? Was zij een melkkoe?

Helene liet haar blik over Murdo glijden. Misschien was hij echt alleen uit op haar bloed. Natuurlijk zou ze liever een zuigzoen van hem krijgen dan een beet. Wat moest ze doen als hij zou proberen haar te bijten? Moest ze zich verzetten? Of het gewoon laten gebeuren? Hij zou haar bijten. En uitzuigen. En dan zou ze een vampier zijn. Een ondode. Een vliegende schim in de nacht. Ze zou zoals Murdo zijn. In alle eeuwigheid.

Maar misschien zou zo'n beet pijn doen. Dat was zelfs bijna zeker. Bovendien was het pas hun eerste afspraakje. Helene wilde Murdo toch graag wat beter leren kennen, voor ze in alle eeuwigheid samen zouden zijn.

'Zullen we even gaan zitten?' verstoorde Murdo haar gedachten.

'Wil je met mij klitten?' Helene keek Murdo verwonderd aan. Murdo keek al net zo verbaasd terug. 'Zitten. Daarginds.' Murdo wees naar een omgevallen boom.

'Oh. Zitten. Ik snap het.' Het kriebelde Helene tot in haar haarwortels. Wat gênant. Misschien had ze de hoorapparaatjes toch in moeten laten. Nu was het te laat.

Murdo ging op de boomstam zitten. Helene ook, zo dicht mogelijk naast hem. Alleen een eekhoorntje had er misschien nog tussen gekund. Maar dan moest het wel een heel kleintje zijn. Murdo hield Helene nog steeds vast. Hij bracht haar hand omhoog, vlak voor zijn ogen en bekeek hem. 'Je hebt zachte handen.'

'Echt?' Dat had nog nooit iemand tegen haar gezegd. Het was haar zelf ook nooit opgevallen, tot nu toe. Ze had heel normale handen. Met aan elk vijf vingers. 'Ehhh... dank je.'

Murdo draaide haar hand om en bekeek haar pols. Hij trok zijn donkere wenkbrauwen op.

'En mooie aderen.'

Helene keek Murdo geschrokken aan. 'Aha.'

Murdo's ogen stonden star. Hij leek ademloos.

Helene kreeg het gevoel of de boomstam onder haar in spaanders uiteenviel. Als Murdo haar zo bleef aankijken, viel ze nog flauw.

'Je hebt mooie kleine oortjes,' zei Murdo zacht.

Helene keek Murdo verlegen aan. Hij wilde misschien dat ze minder bedeesd was en iets met haar oren deed? Maar... waarom ook niet? Helene schoof nog wat dichter naar Murdo. Ze boog haar hoofd opzij. Toen legde ze haar oor tegen de zijne. Misschien was dat bij vampiers het teken van innige toenadering. Het voelde goed, vond Helene.

Murdo bleef stokstijf zitten. Hij bekeek Helene. Ze had haar ogen gesloten en wreef haar oor tegen zijn oor. Misschien een gewoonte van mensen die 's nachts in het bos zaten? Het kietelde een beetje. Hij kon maar het beste doen alsof hij het doodnormaal vond.

Hij kuchte. 'Hoe lang blijf je eigenlijk nog in Bistrië?'

Helene drukte haar oor nog iets steviger tegen Murdo's oor. Ze snoof zijn geur op. Hij rook naar grotten, mist en metworst. 'Niet lang genoeg.'

Murdo had zijn arm achter Helene op de boomstam gelegd. Nu sloeg hij hem voorzichtig om haar heen. 'Blijf gewoon hier,' fluisterde hij. Toen trok hij verlegen aan zijn eigen oorlelletje.

Helene verstarde. Knijp gewoon hier? Bedoelde Murdo dat ze hem daar moest knijpen? Nou ja. Als hij dat leuk vond. Helene boog zich voorover en kneep Murdo in zijn oorlelletje. Dat was ijskoud. Maar wel erg zacht.

Murdo keek Helene met grote ogen aan en fluisterde: 'Wat ben je lekker gek.'

Helene fronste haar voorhoofd. Lekker vet? Maar al gauw keek ze weer ontspannen. Bij vampiers was die uitspraak waarschijnlijk een groot compliment. 'Dank je. En jij bent vet gruwelijk.'

Murdo trok zijn ogen tot spleetjes.

Die blik was nieuw. Helene werd er zenuwachtig van. Had ze iets verkeerds gezegd? Ze lachte nerveus en wierp haar blonde haren over haar schouders. 'Gaat het?'

Nu gingen Murdo's ogen opeens wijd open. Hij staarde naar Helenes ontblote hals.

'Met mij gaat het best,' fluisterde hij. Toen boog hij zich over Helene.

Helene durfde zich niet te bewegen. Murdo's gezicht was nog maar een paar centimeter van het hare verwijderd. Zij voelde zijn adem. Koud en gejaagd.

Murdo sloot zijn ogen. Hij ging met zijn neus langs Helenes

voorhoofd, neus, mond en kin. Maar hij raakte haar nog net niet aan. Hij ademde diep in.

Helene had het gevoel dat Murdo haar wilde opzuigen.

Plotseling opende hij zijn ogen. Ze vlamden als nooit tevoren. 'Wil je bij me blijven?'

Helene wist niet precies wat Murdo haar vroeg. Hij praatte zo zacht. En ze was er ook niet helemaal bij met haar verstand. Ze was bezig in Murdo's oranje ogen te verzinken als in een prachtige zonsondergang. Ze knikte mechanisch.

'Dat weet je heel zeker?'

Ga je mee eten? verstond ze. En waarom niet? dacht ze. Ze knikte weer.

Murdo's blik zwierf naar Helenes hals. Die was glad, zacht en gaaf. Nog wel. Murdo ging met zijn tong over zijn hoektanden. Een moment hield hij zich in. Hij wilde de voorpret nog even rekken. Vervolgens trok hij Helene in één ruk achterover, en wierp zijn bovenlijf naar voren. Toen boog hij zich met opengesperde mond over Helenes hals.

Half vertwijfelde halfvampiers

Ze zaten op een grote steen met hun hoofd in hun handen. Daka staarde somber voor zich uit. Silvania had waterige ogen. Bogdan kauwde vertwijfeld op zijn onderlip.

'Helene heeft het niet overleefd.' Daka woelde door haar stekeltjeshaar.

Ze hadden het hele bos afgezocht. Boomtoppen, struiken, de grond. Achter elke steen, achter iedere boomstam, achter elk heuveltje. Tevergeefs. Helene was als door een vampier opgeslokt.

'We zijn haar kwijt. Voor altijd.' Silvania slikte.

'Het was zo'n mooie vriendschap.' Daka streek haar vingers langs haar ogen.

'Een zeer korte, jammer genoeg,' vulde Bogdan aan.

De zusjes knikten elkaar treurig toe, sloegen hun armen om elkaar en snikten het uit.

Bogdan streek zijn handen af aan zijn broek. Zijn handen waren nat van de zenuwen. Niet alleen vanwege Helene. Hij werd altijd nerveus van huilende meisjes. Hij wist dan niet wat hij moest doen. Gewoon laten huilen en afwachten? Net doen of hij het niet zag? Of meehuilen?

Ten slotte deed hij wat zijn moeder altijd deed als zijn kleine broertje weer eens tegen een budnyk was gevlogen. Hij legde zijn linkerarm voorzichtig om Daka heen en zijn rechterarm om Silvania. Toen klopte hij de meisjes zachtjes op hun rug en deed: 'Sjjj…sjjj…sjjj…'

Daarop begon Daka nog harder te huilen.

'Het is allemaal mijn schuld,' bracht ze uit, tussen twee snikken door.

'Gumox,' zei Silvania.

'Sjjj...sjjj...sjjj...' deed Bogdan.

'Wie zijn schuld zou het anders zijn?' vroeg Daka.

Silvania dacht even na. 'De liefde.'

'Liefde?' Bogdan kreeg plotseling een rode neus.

'Dat spreekt toch vanzelf. Als Helene niet knalratsflats op Murdo verliefd was geworden, had ze geen afspraak met hem gemaakt,' verklaarde Silvania. 'Dus de liefde is de schuld.'

Daka stak haar neus in de lucht. 'Liefde is stom. Ik wist het wel.'

'Niet waar.' Silvania draaide met haar ogen. 'Ze is alleen... gevaarlijk soms.'

Bogdan knikte. Dat wist hij intussen ook.

Daka snoof. Voor haar was liefde en alles wat er mee te maken had veel te gecompliceerd. Als zij echt verliefd zou worden op Murdo, en daar was Daka nog helemaal niet zo zeker van, dan zou ze zich zo snel mogelijk ontlieven. Dat nam ze zich tenminste voor. Liefde bracht alleen maar problemen. En het was nog gevaarlijk ook, bleek nu. Daka hield wel van gevaar, maar dan toch liever in de vorm van extreem vliegen. 'En wat doen we nu?'

Silvania haalde haar schouders op. 'Ik zou niet weten wat we nog voor Helene kunnen doen.'

'Alleen een wonder kan haar nog helpen,' zei Bogdan.

'Een wonder?' Silvania keek Bogdan vragend aan. 'En hoe ziet dat wonder er dan uit?'

Bogdan beet op zijn lip. 'Geen idee.'

Een wonder

Dat wonder was 1 meter 93 lang, had golvend blond haar en een zonnebankbruine huid. Dat wonder had ook een naam. Het heette Dirk van Kombast. Buiten zijn moeder zou waarschijnlijk niemand op het idee zijn gekomen hem een wonder te noemen. De vampierzusjes al helemaal niet.

Dirk van Kombast stond nu sinds ongeveer tien minuten achter een boom. Een dennenboom. Met een niet al te dikke stam. Maar dik was Dirk van Kombast zelf ook niet. In zijn rechterhand hield hij de Garlic Gun. In zijn linkerhand een dennentak, die hij als camouflage voor zijn gezicht hield. Van wat hij door de dennennaalden heen zag, zou hij zich zijn haren uit zijn hoofd willen trekken. Maar daarvoor had Dirk geen hand meer vrij.

Eerst had Helene Steenbrugge met die vampier door het bos gewandeld. Midden in de nacht. Hand in hand! Het was een schandaal! Toen waren ze op een omgevallen boom gaan zitten. De vampier had Helene ertoe aangezet haar oor tegen zijn oor te wrijven. Wat daarvan de bedoeling was, was Dirk niet helemaal duidelijk. Misschien wekte het de eetlust op. Even later had Helene de vampier aan zijn oor getrokken. Hij had haar ongetwijfeld een onbeschaamdheid ingefluisterd.

Maar wat Dirk van Kombast nu zag, deed hem van ontzetting bevriezen. De vampier boog zich over Helene. Hij besnuffelde haar hele hoofd, van schedel tot kin. Toen staarde hij naar Helenes hals en ging met zijn tong over zijn vlijmscherpe hoektanden.

Plotseling trok hij Helene naar achteren, boog zijn bovenlijf naar voren en...

NEE! Dacht Dirk van Kombast. Hij zou niet toelaten dat een ander mens het slachtoffer werd van zo'n bloeddorstig monster der duisternis. NEE! Hij zou niet lijdelijk toezien, hoe het leven werd weggezogen uit een onschuldig meisje. NEE! NEE! NEE!

Dirk van Kombast leunde met zijn rug tegen de boom. Hij drukte het knoflookpistool met twee handen tegen zijn borst. Heel even sloot hij zijn ogen. Hij ademde diep in en vulde zijn lichaam met nieuwe, positieve energie. Daarna deed hij zijn ogen weer open. Ze fonkelden vastbesloten, zonder angst. Hij knikte zichzelf toe en...

'HUUUUAAAA TSJAKKAAA!' Met die strijdkreet draaide hij zich als een discuswerper om, stormde met het wapen in de aanslag op de boomstam af, stelde zich een paar meter ervoor in gevechtshouding op, mikte op het hoofd en het bovenlijf van de vampier en vuurde zijn hele lading knoflooktenen erop af.

Flop, flop, flop, flop, flop, flop... suisden de knoflooktenen door de lucht. Als hagelkorrels kwamen ze op de vampier neer.

'Bijt daar maar in, jij monster! Je nachten zijn geteld!' riep Dirk van Kombast.

Helene Steenbrugge gilde. Ze probeerde zich tegen de ratelende knoflooktenen te beschermen en zocht snel dekking achter de boomstam.

De vampier echter bleef als versteend zitten. Hij staarde Dirk van Kombast met open mond aan. Tot er opeens een knoflookteen in zijn mond vloog. De vampier sperde zijn ogen wijd open. Hij wilde iets zeggen, maar op dat moment vloog de volgende lading knoflooktenen recht in zijn gezicht.

De vampier werd vuurrood, kneep zijn ogen dicht, snoof nog een laatste keer, toen kiepte hij in slow motion achterover.

Hij kwam met zijn rug op het mos achter de boom terecht en met zijn lange benen recht omhoog, wijzend naar de met sterren bezaaide nachthemel. Waaruit het nog steeds knoflooktenen regende.

'Murdo!' riep Helene. Ze boog zich over de vampier heen.

Dirk van Kombast bleef vuren, tot hij al zijn munitie verschoten had. Alles bij elkaar hadden er twintig hele knoflookbollen in het geweer gezeten. Dat betekende dat er uitgerekend 300 tenen op de vampier waren afgeschoten. Ze hadden hem binnen een paar seconden geveld. Dirk van Kombast was in zijn nopjes met zijn precisiewapen. Hij drukte er snel een kus op en fluisterde: 'Mijn baby.'

Toen liep hij snel om de boomstam heen. Hij bekeek zijn buit op veilige afstand. De vampier lag stijf als een L tegen de boomstam. Hij loenste en zijn borst lag vol met knoflooktenen. Helene plukte de knoflookteen uit Murdo's mond. Ze schudde hem heen en weer en riep steeds maar weer: 'Murdo! Murdo!' Toen haalde ze uit en sloeg de vampier op zijn wangen. Een keer links. Een keer rechts.

Klappen! Dirk van Kombast haalde nog net zijn neus niet op. Wat een verouderde methode. Daarmee versloeg je tegenwoordig geen vampier meer. 'Spaar je de moeite. Hij is er geweest,' zei hij.

Helene draaide zich om. 'U!' Met een sprong stond ze weer op haar benen, stormde op Dirk van Kombast af en begon met haar vuisten op hem in te slaan.

'Maar...!' Dirk van Kombast sloeg zijn handen voor zijn gezicht om haar vuisten te ontwijken. 'Dat is toch... wat is dat nu... luister eens...'

'U hebt hem vermoord!' schreeuwde Helene.

'Ja zeker! Ik werd ertoe gedwongen!' Dirk van Kombast probeerde Helene met een gewiekste sprong te ontwijken.

Helene hield op met stompen. 'Hoezo hebt u alleen maar gezongen?'

'Niet gezongen. Gedwongen! Je mag me wel dankbaar zijn!'

'Ik moet een kandelaar zijn?' Helene keek Dirk verbluft aan.

Dirk van Kombast keek op zijn beurt verbluft naar Helene.

Was hij niet snel genoeg geweest? Was het de vampier toch gelukt dit meisje te bijten, en waren haar zintuigen al aangetast? Begon het met het gehoor? Hij keek onderzoekend naar Helenes hals. Hij kon geen bijtsporen ontdekken. Maar het was donker in het bos. Slechts een enkele manestraal scheen door de bomen.

Helene graaide in haar broekzak, haalde er een klein voorwerp uit en stak het in haar oor.

Dat alles was zo snel gegaan dat Dirk van Kombast dacht dat Helene zich alleen maar even achter haar oor krabde.

'D-a-n-k-b-a-a-r. Je moet me d-a-n-k-b-a-a-r zijn,' herhaalde hij.

'Waarom schreeuwt u zo? En waarom zou ik u dankbaar zijn?'

'Ik heb je van dat bloeddorstige monster der nacht gered.' Dirk van Kombast wees met de loop van zijn Garlic Gun naar de vampier op de grond.

'GERED? U hebt mij gered?' Helene zwaaide razend van woede met haar vuisten naar Dirk. 'U hebt de eerst date van mijn leven verpest! Foemps, foemps, foemps!'

'Foemps?' Dirk van Kombast fronste zijn voorhoofd. 'Nou moet je eens goed naar me luisteren. Die vampier stond op het punt je te bijten. Dat was niet alleen je éérste date, maar ook je laatste date geworden.'

'En wat dan nog!' Helene sloeg haar armen over elkaar. 'Het had me niet kunnen schelen, als Murdo mij gebeten had.'

Dirk van Kombast keek Helene verbijsterd aan. Die vampier had dat meisje van haar verstand beroofd. Vermoedelijk was dat het doel van dat oren wrijven. Hij moest Helene Steenbrugge wakker schudden. Hij moest haar duidelijk maken, aan wat voor gevaar ze ontsnapt was. 'Dan was je nu dood geweest! Of een vampier!'

'Vampiers zijn cool,' zei Helene hooghartig. 'In elk geval cooler dan zo iemand als u.'

Dirk van Kombast staarde Helene aan. Hij deed zijn mond open en weer dicht maar er kwam geen woord uit.

Helene klopte op haar hoorapparaat.

Ten slotte stotterde de vampierjager: 'Maar... dat is toch... Hoe kun je...? Maar dat pik ik niet!' En al helemaal niet van een kind, voegde hij er in gedachten aan toe. Daar had hij weer het bewijs: kinderen waren brutaal, hadden vieze nagels en niets als humbug in hun hersenpan. Dirk van Kombast verlangde ernaar met een volwassen mens te praten. Iemand, die de ernst van de situatie zou inzien. Iemand die zijn heldendaad op waarde zou schatten.

'Ik waarschuw de politie. Ik heb een vampier gedood. En jij,' zei hij en hij wees naar Helene, 'jij bent getuige.' Toen trok hij een plat zilveren mobieltje uit de binnenzak van zijn jack.

Politie-wachtmeester Timok Kuragos had nachtdienst. Zijn favoriete dienst. Want hij hield van de nacht. Die was donker. Koel. En in de gewone mensenwereld was de nacht rustig. Meestal. Soms ging midden in de nacht de telefoon. Zoals nu. Het rinkelde voor de eerste keer. Wachtmeester Kuragos keek met een scheef oog naar de telefoon. Het rinkelde voor de tweede keer. De wachtmeester dompelde zijn theezakje in het water. Hij liet het boven het kopje uitdruipen. Het rinkelde voor de derde keer. Timok Kuragos legde het theezakje op het bordje. Hij deed een suikerklontje in de thee. De telefoon ging voor de vierde maal. De wachtmeester deed een tweede suikerklontje in de thee. Hij roerde, likte het lepeltje af, bracht het kopje naar zijn mond, blies en nam ten slotte een slokje. De telefoon was intussen voor de vijfde keer gegaan. Timok Kuragos zette het kopje neer. Hij trok zijn uniform recht en nam op.

'Politie-wachtmeester Kuragos. Ik luister.'

'U moet komen. ONMIDDELLIJK. Ik ben in het bos. Er is hier een vampier. Maar hij is dood. Daar ziet het in elk geval naar uit. Er is ook een meisje. Breng versterking mee. En knoflook.'

Wachtmeester Kuragos nam een slok thee.

'Hallo? Hallo? Hoort u mij? Bent u nog aan de lijn?'

'Met wie spreek ik?' vroeg Timok Kuragos.

'Uh. Neem me niet kwalijk. Dirk van Kombast. Ik ben... eh... vampierjager.'

'Vampierjager. Zozo.' De wachtmeester noteerde de naam.

'En u bevindt zich ergens in het bos, zegt u?'

'Inderdaad.' Dirk van Kombast beschreef de plek zo goed hij kon.

'En u bent in het gezelschap van een dode vampier en een dood meisje?'

'Nee. Alleen de vampier is dood. Het meisje niet. Geloof ik tenminste.'

'U weet niet zeker of het meisje nog leeft?'

'Jawel, toch wel. Het meisje leeft, heel zeker. Maar ik weet niet zeker of de vampier dood is.'

'Waarom denkt u dat hij dood is?'

'Ik heb 300 knoflookx tenen op hem afgeschoten.'

Wachtmeester Kuragos trok een wenkbrauw op.

'Uit noodweer natuurlijk,' ging Dirk van Kombast verder.

'Vanzelfsprekend.' Wachtmeester Kuragos streek met zijn hand over zijn neus. 'Weet u wie het meisje is?'

'Helene. Helene Steenbrugge.'

Wachtmeester Kuragos noteerde haar naam.

'En de vampier?'

'De vampier. Oh... Murjo heet hij, of Murdo of zoiets. U moet hem arresteren.'

'Arresteren? Een dode vampier?'

'Natuurlijk! Hij moet worden onderzocht. Hij moet als voorbeeld tentoongesteld worden. Ter afschrikking voor alle andere vampiers.'

'Begrepen,' zei Timok Kuragos. 'Blijft u, waar u bent. Wij zijn binnen tien minuten bij u.'

De wachtmeester legde de telefoon neer. Hij nam een slok thee. Hij vertrok zijn mond en gooide nog een suikerklontje in het kopje. Terwijl hij roerde, trok hij een mobieltje uit zijn zak. Hij drukte driemaal met zijn duim op een knop.

'Vampol Mobiele Eenheid,' meldde zich een doorrookte vrouwenstem.

'Een van ons is gepakt,' zei Timok Kuragos zachtjes. Hij wreef over zijn bakkebaarden die doorliepen tot aan zijn mondhoeken en die zijn lange hoektanden verborgen. 'Hij ligt waarschijnlijk in knoflookcoma.'

De wachtmeester noemde de namen van de vampier en het meisje en beschreef de plaats in het bos zoals Dirk van Kombast hem had uitgelegd. 'Informeer Murdo's familie en stuur een arts. Ik houd me wel met al het andere bezig.' Vooral met die vampierjager, dacht Timok Kuragos, terwijl hij de verbinding verbrak.

De arrestatie

Om de paar minuten keek Dirk van Kombast op zijn horloge. De tien minuten waren al lang voorbij. Waar bleef de politie? Wat als ze zijn beschrijving verkeerd begrepen hadden en de plek in het bos niet konden vinden? Hoe lang moest hij hier in het donker blijven wachten? Alleen met een meisje, dat niet bij zinnen was plus een dode vampier? Die misschien niet eens écht dood was? Bij vampiers kon je het tenslotte nooit weten.

Als die vampier weer tot leven kwam, was Dirk machteloos aan hem overgeleverd. Hij had al zijn munitie opgebruikt. Er lagen nog wel genoeg knoflookbollen in zijn tent, maar dat was te ver weg. Dirk dacht erover, de knoflooktenen een voor een op te rapen. Maar dat zou lastig worden. Het was te donker in het bos. En ook wilde hij niet te dicht bij de vampier komen. Ook al leek hij zo dood als een pier.

Dirk van Kombast wierp een blik op Helene. Ze was naast de vampier neergeknield, hield zijn bleke hand in de hare en wreef steeds haar oor tegen zijn oor. Voor haar was nauwelijks hulp mogelijk als de vampier plotseling opleefde.

Daar! Dirk van Kombast schrok op. Hij hoorde stemmen. Takken kraakten. Iemand kwam dichterbij. Geen twijfel mogelijk. De eerste zaklantaarns schenen al tussen de bomen door.

'HIER!' riep Dirk van Kombast zwaaiend met zijn Garlic Gun. 'We zijn hier!'

Een paar minuten later arriveerde de politie. Vier agenten in donkerblauw uniform. Met gouden strepen op de mouwen en gouden knopen op de schouderstukken. Ze stelden zich in een halve cirkel voor de boomstam op.

Dirk van Kombast begroette hen. 'Daar zijn jullie. Eindelijk!'

'Wachtmeester Kuragos. Ik ben degene met wie u hebt gesproken,' zei een van de agenten. Hij tikte met zijn wijsvinger tegen zijn pet.

Hij was een kast van een kerel. Met indrukwekkende zwarte bakkebaarden. Hij was anders dan zijn collega's. Dirk van Kombast wist niet precies waarom. Misschien omdat hij wat bleker was. Misschien omdat zijn ogen fonkelden als ondergrondse meren. Of misschien alleen maar omdat hij meer gouden knopen op zijn schouders had.

'Dirk van Kombast,' stelde hij zich voor met zijn professionele tandpastaglimlach. Maar door de modder op zijn gezicht had die lach een ander effect dan gewoonlijk. 'We hebben geen tijd te verliezen en moeten onmiddellijk...'

'Stop!' Timok Kuragos stak zijn hand omhoog. 'Altijd. Rustig. Blijven.'

De collega aan zijn rechterhand knikte. Zijn blonde krullen dansten onder zijn pet uit.

'Alles in orde?' vroeg wachtmeester Kuragos aan Helene.

'Met mij wel. Maar met Murdo niet.' Helene wees naar de vampier, die nog altijd stokstijf met zijn benen omhoog achter de boomstam lag.

De agent met de blonde krullen wilde naar Murdo toe gaan.

'Laat maar, Radu.' Wachtmeester Kuragos hield zijn collega tegen. 'Dat kan ik beter zelf doen.'

Met die woorden liep hij om de boomstam heen. Hij bekeek de vampier een ogenblik staande, toen ging hij op zijn hurken naast hem zitten. Hij voelde de vampier aan zijn hals en zijn handen en trok aan zijn oren. De vampier verroerde zich niet.

''t Is gebeurd met hem, niet?' vroeg Radu.

'Daar ziet het wel naar uit,' zei Timok Kuragos. Hij keek zorgelijk.

Een kleine agent met een dikke buik en een enorme knollenneus spuugde op de grond en keek Helene en Dirk van Kombast aan. 'Jullie daar. Enig idee wie hem heeft omgelegd?'

'Natuurlijk!' flapte Dirk van Kombast eruit. 'Ik heb hem gedood. Met mijn precisiewapen. Dat heb ik de heer politiewachtmeester Kuragos toch al door de telefoon gezegd. U moet hem meenemen!'

'De wachtmeester?' vroeg Radu.

'Nee.' Dirk van Kombast sloot geërgerd zijn ogen. Toen wees hij naar Murdo. 'Ik heb het over hem natuurlijk. Zijn dood moet met zekerheid worden vastgesteld. Dat moet worden onderzocht. En grondig!'

De agent met de knollenneus en de vierde collega waren een paar passen dichter naar Dirk toegekomen. Ze stelden zich links en rechts van hem op.

Wachtmeester Kuragos knikte nauwelijks merkbaar. Toen wendde hij zich naar Dirk van Kombast.

'Vertelt u nu nog eens in alle rust wat hier is voorgevallen.'

Dirk van Kombast bedacht even bij zichzelf hoe hij het verhaal zou beginnen. Met zijn moeder? Met zijn buren in Bindburg? Met zijn observaties hier in het bos? Hij besloot het kort te houden. Ze moesten handelen. Hem prijzen voor zijn moed kwam later wel. Hij stak zijn borst vooruit en zei: 'Ik heb dit meisje haar leven gered.' Hij wees naar Helene. 'Als ik een seconde later mijn Garlic Gun had afgevuurd, had dat monster het meisje afgeslacht.' Hij wees naar Murdo. 'Eindelijk is het me gelukt, een van die bloeddorstige wezens te verslaan. Dat daar is geen gewone jongeman. Dat is een vampier. Helene Steenbrugge zal u dat bevestigen.'

De agenten keken Helene verwachtingsvol aan.

'Een vampier?' riep Helene. Ze keek Dirk van Kombast met haar grote blauwe ogen aan, toen barstte ze in lachen uit. 'Een vampier! Hebben jullie dat gehoord? Een volwassen man die in vampiers gelooft. Ieder kind weet dat die niet bestaan.' Helene lachte nog harder. Ze kon goed toneelspelen, als het er op aan kwam. Dat had haar vader ook ondervonden.

Radu begon als eerste te grijnzen. Helenes lach werkte aanstekelijk. 'Een vampier. Die is goed!'

De knollenneus snoof. 'Wat ze tegenwoordig al niet bedenken. En daarvoor moeten wij midden in de nacht worden opgetrommeld.' Hij spuugde op het mos en trok zijn broek op.

De vierde collega, de onbelangrijkste van het stel, schudde onophoudelijk zijn hoofd en verloor Dirk van Kombast geen ogenblik uit het oog.

'Onmogelijk. onmogelijk,' mompelde hij.

Timok Kuragos staarde met een uitdrukkingsloos gezicht in de duisternis.

'Maar... maar u moet mij geloven!' riep Dirk van Kombast. Toen wendde hij zich tot Helene. 'Je hebt een uur geleden zelf toegegeven dat jouw vriend een vampier is. Of was. Je wilde zelfs door hem gebeten worden. Wat alleen maar aantoont dat hij je al van je verstand heeft beroofd.'

Helene wierp de vampierjager een medelijdende blik toe. 'Misschien kunt u beter kijken of uw eigen verstand niet ergens aan een tak is blijven hangen. Ik heb nooit van mijn leven gezegd dat Murdo een vampier is. En ik wilde me natuurlijk ook niet laten bijten. Ik ben toch niet gek!'

Radu knikte. Hij geloofde het meisje op haar woord. Ze herinnerde hem aan zijn nichtje. Een vrolijk, knap, aardig meisje.

'Ze liegt!' riep Dirk van Kombast. Zijn wangen schemerden rood door de modder op zijn gezicht. 'Of ze is niet goed bij haar verstand. De vampier heeft haar in zijn ban gekregen!'

'Op mij komt ze heel verstandig over,' zei Radu.

'En ik heb nog nooit een vampier gezien,' zei de knollenneus. Hij lachte verachtelijk.

'Maar IK wel!' Dirk van Kombast knikte zo heftig dat zijn pet verschoof. 'En niet één, maar duizenden. Hier in het bos. De vorige nacht. Ze niesden naar elkaar en toen snoten ze op een vampierpop en...'

'En nu houdt u eindelijk op met die vampier-onzin,' gebood de knollenneus.

'Het mag voor u een grote verassing zijn, maar vampiers bestaan niet,' zei Radu. 'Die zijn gewoon verzonnen. Begrijpt u. Allemaal sprookjes. U maakt zich met uw verhaal alleen maar belachelijk. Niet waar chef?'

Wachtmeester Kuragos monsterde Dirk van Kombast een moment. Toen knikte hij instemmend. 'Je hebt gelijk, Radu.'

'Als u denkt dat u in Transsylvanië met zo'n verzinsel wegkomt, heeft u zich vergist,' voegde de dikke agent met de knollenneus eraan toe.

'Hoezo verzinsel?' Dirk van Kombast keek de agent ontzet aan. 'Het is de waarheid! Vampiers zijn geen sprookjesfiguren. Die leugens hebben de vampiers zelf verspreid, opdat er niet naar ze zou worden gezocht. Maar er zijn er duizenden, wat zeg ik, miljoenen!' Dirk van Kombast keek Timok Kuragos aan en fluisterde: 'En ze zijn in ons midden.'

De wachtmeester beantwoordde Dirks blik zonder met zijn ogen te knipperen. Hij rolde zijn ogen alleen een ogenblik naar boven.

'Zo is het wel genoeg, chef,' zei de knollenneus. 'Arresteren we hem, of niet?'

'Arresteren? Mij? Waarom dat dan?' Dirk van Kombast keek kwaad van de een naar de ander.

De wachtmeester knikte de agenten toe. Ze grepen de vampierjager ogenblikkelijk vast.

'Hou op! Laat me los! Ik ben de redder, niet de dader!' Dirk van Kombast probeerde zich uit de greep van de agenten te bevrijden.

'Onmogelijk, onmogelijk,' mompelde de onopvallende agent.

Helene wierp Dirk een meevoelende blik toe. Hij had haar eerste grote liefde vermoord. Hij had haar allereerste date bedorven. Hij was in haar ogen een uitermate dom persoon. Maar hij zag er nu zo meelijwekkend en belachelijk uit, dat ze toch een heel klein beetje met hem te doen had. Niet voor lang overigens.

De vampierjager was lang en slank, maar niet erg sterk. Tegen de getrainde agenten had hij geen kans. De knollenneus duwde hem met zijn buik terug. Radu kwam hem te hulp. Ze deden Dirk de handboeien om.

'Meneer politiewachtmeester Kuragos!' riep Dirk. 'Zegt u toch iets. Dit kunt u toch niet toelaten?'

De wachtmeester vond het echter zeer goed toelaatbaar. 'U hebt bekend dat u die jongen daar met uw knoflookwapen hebt gedood. En bovendien, we hebben een getuige.' Hij prikte met zijn kin naar Helene.

'U wacht de cel, net zo zeker als een eendagsvlieg de dood.' De knollenneus spuugde vlak voor de voeten van de vampierjager.

'Afvoeren,' zei wachtmeester Kuragos.

'Ik dien een klacht in! Bij de hoogste politiecommissaris! Bij het ministerie van Binnenlandse Zaken!' riep Dirk van Kombast, terwijl de agenten hem meesleepten. 'Ik ga jullie aanklagen! Mijn vijf advocaten zullen jullie het leven zuur maken!'

Timok Kuragos keek zijn collega's na. Toen draaide hij zich om, naar Helene en Murdo. 'Jullie vrienden in Bistrië weten ervan,' zei hij rustig. 'Er is een dokter onderweg.'

Helene keek de wachtmeester aan alsof hij een roze olifant was. Midden in het Transsylvaanse woud.

Op dat ogenblik ruiste er iets in de toppen van de bomen. De wachtmeester keek naar boven. 'Daar is hij al. Ik moet er helaas vandoor. Het was prettig kennis met je gemaakt te hebben, Helene. Azdio!'

Donderpreek in de budnyk

'Hoe kon je nu alleen het bos ingaan!' zei tante Karpa. Ze hing aan de afhangketting in de salon.

'Midden in de nacht! Ongelooflijk!' zei Elvira Tepes. Ze zat op de bank onder de berenkop.

'Met een jongen nog wel!' zei oom Vlad. Hij hing naast zijn vrouw.

'Met een bíjtgrage jongen,' voegde Mihai Tepes eraan toe. Hij stond voor het raam van de budnyk. Voor de zekerheid. Zodat Helene er niet voor de tweede keer uit zou springen.

'Met een ultimo gevaarlijke transgigantus,' riep Woiwo, die juist door de kamer vloog.

Helene zat tussen haar vriendinnen op een stoel. Haar blonde haar hing voor haar gezicht, zo diep hield ze haar hoofd gebogen.

'Het is onze schuld,' zei Silvania. 'We hadden beter op Helene moeten passen.'

Daka keek haar zusje verwonderd aan. Zij dacht toch dat de liefde de schuldige was? Dat stomme gedoe?

Mihai knikte. 'Je hebt gelijk, Silvania. Jullie zijn hier verantwoordelijk voor jullie vriendin.'

Helene hief langzaam haar hoofd op. 'Daka en Silvania kunnen er niets aan doen,' zei ze. 'Ze hebben me gewaarschuwd en wilden echt goed op me letten.'

Elvira zuchtte. 'Het is onze schuld, Mihai. Ik wist het toch. We hadden Helene niet mee moeten nemen naar Bistrië.'

'Maar dan had ik het hier nooit leren kennen,' zei Helene. En

Murdo ook niet, voegde ze er in gedachten aan toe. 'Bistrië is het gaafste, mooiste en gekste wat ik ooit gezien heb.'

Oom Vlad knikte. Hij vond zijn geboortestad ook gaaf en mooi. En een beetje gek, ja. 'Ach,' bromde hij van bovenaf. 'Het is toch allemaal goed gekomen.'

Oom Vlad had een paar uur geleden via een rapedadipost-vleermuis van Vampol het bericht gekregen dat zijn gast uit Bindburg samen met een vampier genaamd Murdo in het bos door een vampierjager gegijzeld werd. Die vampierjager had een hele lading knoflooktenen op de vampier afgevuurd.

Oom Vlad vloog onmiddellijk met zijn broer en dokter Liviu Chivu het bos in. Onderweg troffen ze Silvania, Daka en Bogdan, die nog steeds naar Helene op zoek waren. Samen vlogen ze naar de plek die Vampol genoemd had. Helene was niet ge- wond, maar wel een beetje in de war. Murdo lag in een zware knoflookcoma. Dokter Liviu Chivu paste eerste hulp toe. Hij hield Murdo de staart van een stinkdier onder zijn neus, stopte in elk oor een borstelspinnenrups en besprenkelde zijn lippen met vers bloed. Toen sloeg hij hem driemaal krachtig in de knieholtes. Murdo kreunde. Dokter Chivu zei dat dat het bewijs was dat er nog leven in hem zat. Hij riep een ambulan-cevlieger op die de comapatiënt naar de hospitalnyk in Bistrië vervoerde. En hij informeerde Murdo's ouders. Daarna vloog dokter Liviu Chivu naar zijn geliefde. Ze zouden samen gaan eten. Bloedfondue.

Vlad, Mihai, Silvania, Daka en Bogdan vlogen met Helene terug naar Bistrië. Bogdan haalde zijn moeder bij de kapper op. Dat verheugde haar zeer. De anderen vlogen naar huis. Zij verheugden zich ook, omdat Helene terecht was. En nog niet gebeten. Maar ze maakten zich ook zorgen.

'Je hebt gelijk,' zei Mihai. Zijn broer had meestal gelijk. Maar toch nog niet zo vaak als zijn vrouw Elvira. 'We moeten ophouden onszelf verwijten te maken. Helene heeft een avontuur beleefd. Avonturen zijn nu eenmaal gevaarlijk. Maar ze moeten niet levensgevaarlijk worden. Dat kunnen we hieruit leren, denk ik.' Mihai keek de kring rond.

Elvira knikte haar man toe. 'Gelukkig vliegen we morgen terug naar Bindburg.'

Daka schrok. Ze lag met haar rug op de zitting en haar benen over de leuning en gleed bijna van haar stoel. 'Slotz zoppo! Morgen al! En Helene heeft nog niet eens ons vliegcircuit gezien.'

'En onze bloedmarkt,' deed Woiwo een duit in het zakje. Hij stak zijn hoofd door het vlieggat van de bovenverdieping.

'En onze theatnyk,' zei Silvania.

Tante Karpa keek op de klok. 'Als jullie vlug zijn, kan dat allemaal nog.'

'Heb jij zin?' vroeg Daka.

Helene knikte. Hoewel ze liever naar het ziekenhuis zou gaan.

'Maar jullie wijken geen ogenblik van haar zijde. Begrepen?' Elvira keek haar dochters streng aan. Daar was ze goed in.

'Ik wil mee!' Woiwo maakte een bommetje en landde op de sofa. Nog geen centimeter van Elvira vandaan, die haar neefje geschrokken aankeek.

'Nici doi viati!' riep Daka. Dat betekent: nooit van mijn leven.

'Ásje-asje-asje-asjeblieft!' Woiwo's gele ogen werden heel groot en keken heel treurig. 'Ik laat Pille en Palle thuis.' Pille en Palle waren Woiwo's huisdieren. Twee vlooien die zich net zo gedroegen als hun baasje. Ze gedroegen zich namelijk níet.

'Neem hem toch mee,' zei tante Karpa. 'Hij heeft zich er zo op verheugd. Morgen is hij weer helemaal alleen.'

Silvania bekeek haar neefje. Zoals hij daar nu met een smekende blik zat, zag hij er heel lief uit. Natuurlijk wist Silvania wel dat hij toneelspeelde. In werkelijkheid was Woiwo een brutale bliksem. Ze zeiden dat hij op oma Zezci leek. Misschien was ze daarom naar Jamaica geëmigreerd. Ze wist wat haar te wachten stond met zo'n kleinzoon.

Silvania keek haar zus en Helene vragend aan. Ze knikten van ja.

'Goed dan. Kom maar mee.'

Woiwo stak zijn gebalde vuist in de lucht. 'Hoi boi!'

'Maar je laat die proppen in je neus,' zei Silvania. 'Je gaat ze niet schieten.'

'En probeer niet door winden te laten sneller te vliegen,' voegde Daka eraan toe.

'En je zet uit je hoofd dat ik een lekker hapje ben,' zei Helene.

Woiwo stak bezwerend zijn hand op en zei met een ernstig gezicht: 'Nici doi viati.'

De vliegclub bevond zich aan de rand van Bistrië. Daar stonden en hingen nog maar enkele kleine budnyks her en der verspreid. Je had er ruim baan om te vliegen.

Helene en Silvania zaten op het bankje van de trainer. Daka en Woiwo showden het vliegparcours. Eerst deden ze een wedstrijd op de hindernisbaan. Ze vlogen met hoge snelheid op een houtwal af. De bovenrand van de houtwal was, om het extra moeilijk te maken, met knoflooktenen afgezet. Op het allerlaatste moment, vlak voor ze tegen de houtwal zouden knallen, schoten ze omhoog. Meteen daarna doken ze weer de diepte in op weg naar de volgende hindernis.

'Dat is steilvliegen,' verklaarde Silvania.

'Zensatoi futzi,' zuchtte Helene. Ze keek de twee vliegers met open mond na.

Het volgende onderdeel was de slangenvlucht. Daka en Woiwo hielden hun armen tegen hun lichaam gedrukt, probeerden zich zo smal mogelijk te maken en zo snel mogelijk tussen een rij palen door te slalommen. De palen volgden heel dicht op elkaar. Woiwo won, zonder ook maar één wind te laten. Hij was in het voordeel omdat hij klein was en dus sneller om die palen heen kwam.

'Lame flugente!' riep hij naar zijn nichtje. Die stak haar tong uit. En dat was dat. Na een korte pauze demonstreerden Daka en Woiwo de kaaswand. Die was gemaakt van geel schuimrubber en zat vol met gaten. Die gaten waren verschillend van grootte. De bedoeling was zo snel mogelijk op de kaaswand toe te vliegen, dwars door zo'n gat. Hoe kleiner het gat, hoe beter de vlieger. Tante Karpa was eens een keer in een gat blijven steken. Volgens haar kwam het alleen maar door de gigantische knot op haar hoofd. Woiwo en Daka waren allebei heel goed in het kaasvliegen.

Daarna showden ze de roversbaan. Daarbij ging het erom in volle vlucht de tand van een wild zwijn van de grond te rapen. Toen volgde nog het blindvliegen (met geblinddoekte ogen), de glijvlucht (zolang mogelijk in de lucht blijven zonder te bewegen), de hommelvlucht (rondjes vliegen totdat je duizelig wordt), achteruitvliegen en de vrije val.

Helene vond het geweldig. Silvania moest haar tegenhouden, anders was ze naar de kaaswand gerend om door zo'n gat te pletter te vallen. Voor de eerste keer sinds haar belevenissen in het bos schitterden haar ogen weer. Voor de eerste keer had ze meer dan twee minuten niet aan Murdo Dako Apusenu gedacht.

Vanaf de vliegclub vlogen Daka en Woiwo regelrecht naar de bloedmarkt. Silvania en Helene namen de transportbaan. De bloedmarkt werd twee keer per week gehouden. Een eeuwenoude traditie. Handelaars uit Bistrië, maar ook uit omliggende vampiersteden bouwden rondom de rodnyk hun kraampjes op of vlogen met buikwinkeltjes door de stad, terwijl ze hun waren luidroepend aanprezen.

Helene greep op de bloedmarkt regelmatig naar haar hoorapparaat. Ze wist niet of ze alles wel goed verstond.

'Gemarineerde wildzwijnborst,' brulde een koopman recht in haar oor.

'Rauwe worst in dierendarm,' riep een zwierige koopvrouw en ze zwaaide een rij worstjes boven haar hoofd.

Een handelaar stond voor een groot vat. 'Ingemaakte ratten. Drie dagen in bloed getrokken. Bijten maar!' riep hij.

Woiwo stak zijn vinger in het vat en likte hem af. 'Ultimo lekker!'

Daka had een portie gemarineerd zwijnenvlees gekocht. Heerlijk knapperig.

Silvania en Helene deelden een zak gedroogd martervlees.

'Daarginds heb je tante Slodka!' riep Woiwo opeens.

Tante Slodka had net een vinger in haar neusgat gestopt en voelde uitvoerig naar wat erin zat. Toen Woiwo, Helene, Daka en Silvania bij haar waren aanbeland, poepte ze van vreugde in haar broek. Ze zat in een kinderkist op wielen. Er zat ook een hengsel aan. Daarmee kon ze aan de transportbaan hangen. Tante Slodka was met haar moeder onderweg. Die was druk aan de praat met een vliegende buikwinkelier vier meter hoog in de lucht.

Tante Slodka keek haar neefje stralend aan en wees met haar wijsvinger naar hem. Die zat vol proppen snot.

'Ik blijf hier bij mijn tante,' besloot Woiwo. Misschien kon hij haar propschieten leren.

Helene, Daka en Silvania maakten geen bezwaar.

'Wij gaan met Helene naar het theatnyk en dan zien we jou thuis wel weer,' zei Silvania.

Het theatnyk was een indrukwekkende budnyk gurond. Hij was onderaan breder dan alle andere budnyks. Rondom waren overal ingangen die eruitzagen als geopende vampiermuilen. Er waren geen ramen in. Maar de gevel was wel rijkelijk met maskers versierd. Helene zag lachende en huilende maskers, maskers die hun tong uitstaken of boos keken. De torenspits van het theatnyk leek op een kaboutermuts.

Helene volgde tweeling naar binnen. Ze kreeg bijna een stijve nek van het omhoogkijken. 'Cool,' fluisterde ze. In het theatnyk kende je geen rangen. Ook geen gangen. En zelfs geen zitplaatsen. Rondom het spitstoelopende plafond waren sterke kettingen gespannen. Ze waren met zwart schuimplastic overtrokken en hingen op verschillende hoogtes. Er zat wel minstens een vampierlengte tussen.

'Hangt het publiek aan die kettingen?' vroeg Helene.

'Ja, waar anders?' zei Daka.

'Bij ons zitten de toeschouwers op stoelen.'

'Zitten ze? Dat is wel erg ongemakkelijk,' vond Daka.

'En waar is het toneel?

'Hier.' Silvania wees naar de vloer.

Nu pas zag Helene dat op de bodem een wolkenhemel was geschilderd. Met de zon en een vlinder. Er was ook een wolkenkrabber van karton. Die wolkenkrabber stond op zijn kop, met zijn dak op de vloer. De ingang moest je vlak bij het plafond zoeken.

Daka bekeek de wolkenkrabber en bromde: 'Ze spelen zeker iets moderns op dit moment.'

'De toneelspelers vliegen bijna de hele tijd. De scènes spelen zich in de lucht af,' verklaarde Silvania. Dat was de reden waarom ze haar droom, een beroemd toneelspeelster worden, had opgegeven.

'Het is altijd spannend als iemand zich bewusteloos moet vliegen of dood moet neerstorten,' ging Daka verder.

Helene ging op een geschilderd wolkje zitten. Daka hing zichzelf aan een afhangketting op de eerste rij en Silvania leunde tegen het huis van karton. Dat veroorzaakte een vreemd gekraak.

Een tijdje zaten ze zwijgend in het theatnyk. Daka had nog een wildzwijnenhaar onder haar duimnagel ontdekt en zat genoeglijk te knabbelen. Silvania staarde in de lucht. In haar fantasie werd daar een liefdesscène opgevoerd. Zij was de minnares. Haar geliefde was mooi, sterk en dapper.

Helene streek over haar rechterarm. De code, die Murdo getekend had, was nog niet helemaal vervaagd. 'Ik hoop dat je beter wordt,' fluisterde ze.

Daka, die de zwijnenhaar inmiddels had opgepeuzeld, had het het gezien.

'Zeg, is jou soms iets met Murdo overkomen, vannacht?' vroeg ze.

Helene keek op. 'Nee. Hoezo?'

'Nou ja. Murdo is tenslotte een vampier,' zei Daka.

Silvania had van het ene op het andere moment afscheid genomen van haar geliefde in haar droomscène. 'Een transgigantus,' voegde ze eraan toe.

Helene haalde haar schouders op. 'Hij heeft me een grot laten zien. We hebben hand in hand gelopen. En toen wilde hij dat ik zijn oren knuffelde.'

'Hand in hand!' riep Silvania.

'Oren knuffelen!' riep Daka.

Helene lachte verzaligd. Als de wolken op de vloer genummerd waren geweest, zat ze nu beslist op haar geluksnummer.

'Maar... dat kun je toch niet maken?' zei Daka.

'Weet je dan niet hoe gevaarlijk dat is?' vroeg Silvania.

Helene vertrok haar mond. 'Jullie zijn gewoon jaloers.'

'Wat?' Silvania fronste haar wenkbrauwen. Zij vond Murdo zo aantrekkelijk als een groene augurk. Hij was gewoon te... te vampiers. 'IK niet hoor!'

'Ik ook niet,' zei Daka snel.

Helene keek haar ongelovig aan.

'Ik... ehm... hoogstens een beetje. En maar heel even.' Daka wreef over haar neus. 'Echteerlijkbeloofdbijmijnlievelings-bloedzuiger! Je moet me geloven, Helene. Toen ik besefte dat Murdo jou zou bijten, uitzuigen, vermoorden of vampier maken, wilde ik je alleen nog maar redden.'

'Maar hoezo wilden jullie mij redden?'

'Nou, omdat je onze beste vriendin bent,' zei Silvania.

'Onze enige,' zei Daka.

'Ik bedoel, wat viel er te redden? Het was toch echt boibine ge-weest, als Murdo me had gebeten en ik een vampier was ge-worden? Dan kon ik nu vliegen en flopsen net als jullie en dan konden we de gekste dingen doen samen,' zei Helene. Bij die gedachte alleen al werd het puntje van haar neus vuurrood.

De zusjes hadden het met open mond aangehoord. Ze keken elkaar verbijsterd aan.

Misschien, dacht Silvania, is bij Helene het gedroogde mar-tervlees verkeerd gevallen. 'Voel je je wel goed?'

Helene knikte.

Misschien, dacht Daka, is Helene met haar kop tegen een boom gelopen en kan ze niet meer goed nadenken. 'Meen je het, dat van dat vampier worden?'

'Honderd procent totaal absoluut zeker. Vampier zijn is cool.'

Silvania schudde haar hoofd. 'Vampier zijn is niet cool. Vam-pier zijn is eng.'

Daka moest haar zusje wel gelijk geven. Zoals (bijna) altijd. Een paar weken geleden wilde ze zelf nog niets liever dan vol-bloedvampier worden. Maar toen was ze met Silvania naar het Orakulum Spektakulum gegaan. De grote magiër Ali Bin

Schick had haar wens vervuld. Daka en Silvania waren daar bepaald niet gelukkig van geworden. Integendeel. Daka had er twee dingen van geleerd. Ten eerste: je was, wat je was. En dat was goed zo. En ten tweede: vertrouw nooit een waarzegger met gelakte teennagels.

Woesj en woeps veerde ze omhoog en ging op de ketting zitten.

'Helene, denk na! Als vampier kun je geen zonlicht meer verdragen, je kunt nog nauwelijks over straat. Alleen 's nachts, of gesluierd of met een mega zonnebrandcrème op.'

'Voor echte vampiers, die niet anders weten, is dat niet zo erg,' verduidelijkte Silvania. 'Maar als je gewend bent aan licht en aan zonneschijn is het verschrikkelijk. Je hebt dan als het ware een zonneallergie. Leven in het donker maakt vreselijk depressief.'

'En dan het eten,' ging Daka verder. 'Ben je wel stressbestendig genoeg om levende dieren uit te zuigen? Dat is namelijk zenuwslopend.'

'Maar wat nog zenuwslopender is... de bloeddorst, die elke vampier overvalt als hij langere tijd geen vers bloed heeft gedronken,' zei Silvania.

'Dan kun je niet meer goed nadenken, dan ben je helemaal bezeten,' legde Daka uit.

'Je hunkert naar bloed. Je zou er zelfs voor doden,' vulde Silvania aan.

'Hoe langer een vampier geen bloed heeft gehad, des te meer verliest hij zijn verstand. Het kan zijn dat hij dan een mens bijt. Zelfs een mens die hij goed kent. Jij zou bijvoorbeeld je vader aanvallen,' zei Daka.

'Ja, of Ludo,' zei Silvania.

'Of meneer Grijs,' zei Daka. Hoewel... een leeggezogen meneer Grijs was eigenlijk nog niet zo'n slecht idee. Hij was hun (niet zo populaire) klassenleraar.

'Waarschijnlijk zou je als vampier niet meer met je vader in Bindburg samen kunnen leven,' zei Silvania.

Daka knikte. 'Je leven zoals het nu is, wordt onmogelijk.'

'En dan heb je nog de kwestie van de onsterfelijkheid,' opperde Silvania.

Daka haalde haar neus op. 'Dat klinkt misschien mooi, maar dat is het niet. Ik ben in elk geval blij, dat ik niet onsterfelijk ben.'

Als halfvampiers waren de zusjes net zo sterfelijk als ieder gewoon mens. Dat stond vast. Maar de mogelijkheid bestond dat ze heel oud zouden worden. Ze hadden van een halfvampier in Mongolië gehoord, die 250 jaar was.

'Als je zelf onsterfelijk bent, zul je al je vrienden, familieleden en geliefden om je heen zien sterven,' zei Silvania. 'Je vader...'

'Ludo...' vulde Daka aan.

'... en ons,' besloot Silvania.

Helene slikte. Ze moest aan haar moeder denken. Die was gestorven toen ze drie jaar oud was. Helene wilde niemand zien sterven. Ze legde haar armen om haar opgetrokken benen en legde haar kin op haar knieën. Ze moest nadenken. Best mogelijk dat het eng was om een vampier te zijn. Maar ze hield van enge dingen. Toch?

Bloedceremonie

Die hele ochtend had Helene nagedacht. In de sarco van het theatnyk terug naar de budnyk van oom Vlad. Tijdens het ontbijt. Tijdens het spelletje 'vampier bijt me niet,' met de Tepesfamilie. En onder het tandenpoetsen bij Giuseppe. Nu lag ze naast Silvania en Daka op de luchtkist en staarde naar het plafond.

Door al dat nadenken kwam ze tot de volgende overtuiging: ze vond het vampierleven altijd nog cool. Maar ze besefte ook hoe gevaarlijk het was. Wat haar verwarde, was haar verlangen naar Murdo. Ze bleef maar aan hem denken. Stel, dat ze onsterfelijk verliefd op hem was? Dat ze voor altijd bij hem wilde blijven? Moest ze dan vampier worden? Moest ze dan in duisternis leven, bloed drinken en zou ze dan nooit van haar leven nog knoflook eten?

Er moest nog een andere mogelijkheid zijn. Een mogelijkheid, die Daka en Silvania hadden verzwegen. Daar was ze zeker van. En ze wist ook, aan wie ze dat kon vragen. Toen ze Silvania's regelmatige ademhaling en Daka's lichte gesnurk hoorde, stond ze zachtjes op. Toen gleed ze langs het touw naar de salon. Tante Karpa en oom Vlad waren ondersteboven aan de afhangketting hand in hand ingeslapen. Oom Vlads lorgnet bungelde naast zijn neus.

Elvira Tepes stond voor het raam en keek uit over de stad. Haar man lag op de sofa. Hij klampte zich vast aan een kussen, hij dacht zeker dat het Elvira was. Op de tafel stond een lege fles karpovka.

Helene liep naar het raam en kuchte.

Elvira draaide zich om. 'Kun jij ook niet slapen?'

Helene schudde haar hoofd.

'Ik heb hier twaalf jaar gewoond maar mijn innerlijke klok is nog altijd op het menselijke dag-en-nacht-ritme ingesteld. Mijn lijf wil 's nachts slapen en niet overdag. Maak je dus geen zorgen, voor mensen is dat heel normaal.' Elvira glimlachte.

'Dat is het niet,' zei Helene. 'Ik... ik wil u iets vragen.'

Elvira keek Helene nieuwsgierig aan en fluisterde. 'Hoe ik het met deze idiote vampierfamilie heb uitgehouden zeker?'

Helene schudde haar hoofd. 'Nou ja, wel zoiets. U... u leeft toch samen met uw man?'

'Ja, dat kun je wel zeggen. We zijn getrouwd. Al dertien jaar.'

'En uw man is geen gewone man,' ging Helene verder.

'Dat is zo.'

'Hij is...' Helene ademde diep in. 'Een vampier.'

Elvira knikte.

Helene wreef over haar rechterarm. 'Maar hoe kunt u met een vampier samenleven?'

'DAT vraag ik me ook wel eens af.' Elvira wierp een blik op de sofa. Mihai had zich als een baby opgekruld en fluisterde iets tegen het kussen.

'Ik bedoel, waarom heeft uw man u nooit gebeten en een vampier van u gemaakt?' Helene keek Elvira onderzoekend aan. 'U... u bent toch geen vampier, toch?'

'Ik? Nee! Ik ben totaal niet bijterig.' Elvira legde haar hand op haar hart en ging op de vensterbank zitten. 'Toen Mihai en ik elkaar voor het eerst ontmoetten, had hij me wel willen bijten. Maar ik droeg een nekkraag. Dat was mijn geluk. En zijn geluk trouwens ook. Want ik ben zijn vrouw geworden en niet zijn avondmaal!'

'Maar nu draagt u geen nekkraag meer,' stelde Helene vast.

'Nee, al sinds vijftien jaar niet meer.'

'Maar hoe zit dat dan? Hoe kan een mens met een vampier samenleven, zonder zelf vampier te worden?'

Elvira keek Helene peinzend aan. Seconden verstreken. Ten slotte boog ze zich naar Helene en fluisterde: 'Als een mens en een vampier echt verliefd zijn op elkaar, als ze voor altijd samen willen blijven, een gezin willen stichten en de ander tot aan het eind toe trouw willen blijven, maar toch willen blijven wie ze zijn – een mens en een vampier – dan is er maar één ding mogelijk.' Elvira zweeg.

Helene keek haar met grote ogen aan.

'De vampier en die mens moeten tijdens een traditionele ceremonie hun bloed mengen.'

'Zoals bloedbroeders doen?'

'Ja, maar met veel zwaarwegender gevolgen. De mens bindt zich daarmee voor zijn hele leven aan de vampier. De vampier op zijn beurt verliest, geheel of gedeeltelijk, sommige van zijn eigenschappen en bekwaamheden. Hij kan niet meer flopsen of vliegen bijvoorbeeld. Dat is heel erg voor die vampier. Vergelijk het met een mens die nooit meer kan rennen of springen. Snap je?'

Helene knikte. Ze had het begrepen.

'De vampier weet niet van te voren welke eigenschappen en vaardigheden verloren gaan en in welke mate. Het is dus voor een vampier een enorm risico om zich via de bloedceremonie aan een mens te binden. Er is echter één eigenschap die de vampier honderd procent zeker verliest: zijn onsterfelijkheid.'

Helenes ogen werden groot van verbazing. 'Dat betekent dat uw man zal sterven?'

Elvira keek naar de sofa. 'Ik hoop niet al te gauw. Hij is welis-
waar al 2676 jaar oud, maar in mensentijd omgerekend is hij
nu 43 jaar. Mihai heeft uitgerekend, dat hij 2716 jaar zal worden. Hij bereikt daarmee een normale menselijke ouderdom.
Dat is genoeg, vindt hij.'

'En welke eigenschappen heeft hij verloren?'

'Gelukkig is alleen zijn lichtgevoeligheid afgezwakt. En hij is
minder sterk. Vroeger kon hij zijn auto met één hand optillen.
Dat gaat nu niet meer. En soms heb ik de indruk dat hij minder
goed hoort. Maar dat kan ook gewoon aan de leeftijd liggen.'
Elvira streelde de man op de sofa met haar blik. 'Als een vampier bereid is met een mens de bloedceremonie te ondergaan,
is dat een teken van heel grote liefde.'

Vanaf de sofa klonk een licht gegrom. Een heel tevreden gegrom.

Terwijl Elvira genoot van het zicht op haar slapende man, keek
Helene peinzend uit het raam. Als haar liefde voor Murdo en
zijn liefde voor haar sterk genoeg zouden zijn, dan was er
hoop. Maar ze wist niet eens of Murdo wel van haar hield. Ze
wist niet eens of hij haar wel mocht. Misschien hield hij alleen
van haar bloed. Ze hadden handje in handje gelopen. En oren
gewreven. Maar ze hadden elkaar nog nooit gekust. Was er eigenlijk wel sprake van liefde?

Helene liet haar blik over Bistrië glijden. Ze herkende de rodnyk. En het theatnyk. Links naast de rodnyk verhief zich een
budnyk gurond, die eruitzag als een reuzenthermometer. In
plaats van getallen blonken op de gevel vuurrode letters:
H_O_S_P_I_T_A_L_N_Y_K.

Helene draaide zich naar Elvira om. 'Ik wil graag nog afscheid
nemen van iemand.'

Azdio Transsylvania!

Op vliegveld Sibiu was de grootste drukte voorbij. De meeste vliegtuigen waren vertrokken. De meeste reizigers zaten al hoog in de lucht of waren op hun bestemming aangekomen. De laatste vlucht die dag ging naar Bindburg. Een kleine schare reizigers stond bij de balie van TAROM om in te checken.

Elvira reikte de man achter de balie de tickets aan. Ludovic Lobond heette hij, volgens zijn naamkaartje. Hij controleerde de data. Toen keek hij op. 'Wilt u weer bij het raam zitten?' vroeg hij aan Helene.

Helene knikte.

'En u bij de nooduitgang?' vroeg hij Silvania.

Silvania knikte ook.

'En u zit aan het gangpad,' zei hij tegen Daka. Zij knikte niet. Daka had meneer Lobond niet gehoord. Want ze had haar oortjes in. Ze luisterde naar *Krypton Krax*. Het geluid stond iets zachter dan normaal.

Ludovic Lobond gaf Elvira een plaats naast haar man. Toen printte hij de boardingpassen en deelde ze uit. 'Ik wens u een aangename vlucht. Hartelijk dank dat u voor vliegmaatschappij TAROM hebt gekozen.'

Elvira lachte de man achter de balie vriendelijk toe. Mihai keurde hem geen blik waardig. Hij had belangrijkere dingen te doen. Hij moest afscheid nemen van zijn broer.

'Vlad!' riep hij.

'Mihai!' riep Vlad.

De broers vielen elkaar in de armen. Ze timmerden elkaar on-ophoudelijk op hun hoofd.

Tante Karpa trok Elvira naar zich toe en klopte haar ook op haar hoofd. Elvira klopte Karpa op haar rug.

Bogdan Moldovan was ook naar het vliegveld gekomen.

Hij interesseerde zich voor vliegtuigen. Dat was de officiële versie. Onofficieel interesseerde hij zich voor Silvania.

'Azdio,' zei hij zachtjes.

Silvania glimlachte naar hem. Ze dacht aan hoe hij haar uit de tent had gered. Daarom had ze hem bijna een kus op zijn wang gegeven. Maar toen dacht ze aan Jacobs blauwgrijze ogen. Ze boog zich naar Bogdan over en gaf hem een KNOK. Een zeer zachte. 'Azdio.'

Bogdan keek Silvania lang na. En hij stond nog te kijken toen Silvania al lang en breed in het vliegtuig zat.

Helene had al een paar uur eerder afscheid genomen van Murdo. In het ziekenhuis. Murdo's ouders waren er toen ook. Dankzij dokter Chivu's behandeling was Murdo snel uit zijn coma ontwaakt en bijgekomen van de knoflookaanval. Hij was nog een beetje slap en vermoeid en hij stonk nog altijd wel naar de knoflook.

Maar dat maakte Helene niets uit. Ze was heel dicht bij Murdo's bed gaan zitten. Ze had naar hem gelachen. Hij lachte niet terug. Ze wilde diep in zijn oranje ogen kijken. Hij ont-week haar blik. Ze wilde zijn magere hand vasthouden. Hij trok hem terug. Het was een treurig afscheid voor Helene.

Nu zat ze in het vliegtuig en staarde naar Silvania's hoed vlak voor haar.

Daka, die naast haar zat, stootte haar zachtjes aan. 'Ben je nog steeds verdrietig om Murdo?'

Helene knikte. 'Hij was zo... zo ver weg.'

'Onbenaderbaar,' stelde Silvania zich omdraaiend vast. 'En koud.'

Daka haalde haar schouders op. 'Niet koud maar cool. Hij is nu eenmaal de zanger van *Krypton Krax*.'

'Misschien deed hij maar alsof,' bedacht Silvania. 'Misschien wilden zijn ouders niet dat hij met een mensenmeisje omging.'

Daka tuitte haar lippen. 'Zou kunnen. Per slot van rekening zijn Murdo's ouders transgiganten. Die zijn absoluut streng.'

Helene keek de zusjes weifelend aan. Heel aardig dat ze haar moed in wilden spreken. Maar het was een duidelijk geval. 'Ik was zijn grote liefde niet, alleen maar zijn dikke melkkoe.'

'Dat geloof ik niet,' zei Silvania beslist. En zelfs Daka kon dat nauwelijks geloven. Maar zij had dan ook geen verstand van de gecompliceerde aangelegenheid die liefde heet. Daarom zei ze er liever niets over.

'Het lag er gewoon aan dat zijn ouders erbij waren,' ging Silvania verder.

'Maar hij had me toch een of ander teken kunnen geven?' vond Helene.

Silvania trok een rimpel boven haar neus. Ze had al meer dan 500 liefdesromannetjes gelezen, maar zó'n moeilijk geval was ze nog nooit tegengekomen.

Helene zuchtte en keek uit het raam. De Boeing 737 was een paar minuten geleden opgestegen, in een nachtblauwe, wolkenloze hemel. Het zicht was uitstekend. Maar Helene wilde Transsylvanië liever niet meer zien. Ze concentreerde zich op een waterdruppel, die langs het raam naar beneden sijpelde. Maar opeens zat er iets voor het venster. Helene schrok terug.

Het was een spin. Zwartbehaard en een beetje plat. Maar het was een spin, geen twijfel mogelijk. Op tien kilometer hoogte. Sinds wanneer konden spinnen vliegen?

Helene wilde zich juist naar Daka toekeren om haar de spin te laten zien, toen er een gezicht voor het raam opdook. Helene sperde haar ogen wijd open. Zij kende dat gezicht. Het was bleek, met paarse lippen en oranje ogen. Het was het gezicht dat ze maar niet kon vergeten.

Murdo keek Helene ernstig aan. Toen stak hij zijn tong uit en likte de spin voor het raam weg. FLUTSJ! Murdo grijnsde. In zijn rechtermondhoek trappelde een spinnenpoot.

Helenes hart sloeg over van vreugde. Ze lachte terug, ze kon niet anders.

Murdo slikte de spin door. Toen stak hij zijn wijsvinger op. Attentie! Hij schoof de mouw van zijn rechterarm omhoog. Die arm hield hij voor het vensterglas.

SKYZATI stond erop, in beverig handschrift.

Murdo keek over zijn arm heen. Hij keek Helene vragend aan. Ze knikte.

Murdo schoof de mouw van zijn linkerarm omhoog. Die arm hield hij ook voor het vensterglas. Er waren twee figuurtjes op getekend. Een met een rokje aan, een kusmondje en lange haren. Het andere droeg een broek, een cape en had lange hoektanden. De figuurtjes hadden elkaar bij de hand. Eronder stond: Tot gauw?

Helene lachte zo breed, dat haar mondhoeken bijna haar oorlellen raakten. Toen knikte ze als een bezetene. Het teken! Daar was het!

Helene lachte en knikte nog altijd, toen Murdo met een handkus afscheid nam. Ze zwaaide naar hem en fluisterde: 'Tot heel

heel heel erg gauw!' Toen liet ze zich in haar stoel achterover zakken en lachte nog een tijdje voor zich uit. Toen de steward met de drankjes voorbijkwam, riep ze hem toe: 'Een tomatensap met extra veel peper, alstublieft!'

Daka en Silvania keken hun vriendin vragend aan.

'We moeten proosten.' Helene nam de tomatensap aan en hief het glas. 'Op Transsylvanië! Schnappobyx!'

De cel was klein. De bodem en de muren koud en vochtig. Dirk van Kombast stond voor het raampje en keek door de tralies heen de nacht in. Er waren geen wolken aan de als met suiker bestrooide sterrenhemel. Een vliegtuig kwam over. Het vloog naar het noorden. Richting Bindburg. Dirk van Kombast keek het vliegtuig weemoedig na. Wat zou hij graag aan boord zijn bij de charmante stewardess met haar lila geverfde lippen, een glas mangosap bestellen, in een glossy bladeren en belasting-vrij een nieuwe parfum kiezen.

Maar in plaats daarvan zat Dirk van Kombast in de gevange-nis. Hij was een keer verhoord en hij mocht één van zijn vijf advocaten opbellen. Hij koos voor professor dokter Godeke-Schnitzel. Professor dokter Godeke Schnitzel was een slechte keus. Niet omdat hij een slechte advocaat was. Professor dok-ter Godeke Schnitzel bevond zich met zijn tweede vrouw op een eiland in de Caribische zee. Nog vijf weken. Dat vernam Dirk van Kombast via het antwoordapparaat.

De vampierjager kon niet inschatten hoe lang de politie hem (volkomen onterecht naar zijn mening) vast kon houden. Hij had immers niets verkeerds gedaan. Hij had een mensenleven gered. Hij was een held! Maar een held wordt zelden geëerd, dat kon Dirk van Kombast nu zelf ervaren.

De agent met de blonde krullen had hem verteld dat de vam-pier niet dood was, maar slechts in coma was geraakt. En dat hij weer beter was. Natuurlijk had de agent die vampier ge-woon 'een jongen' genoemd. En hij scheen verheugd te zijn over het feit dat die 'jongen' nog leefde. Hij had geen enkel vermoeden. Maar zijn ogen, en die van zijn collega's, zouden weldra opengaan. Dan zouden ze hem, Dirk van Kombast, smeken de Garlic Gun te laden en hen te beschermen.

Dirk van Kombast balde zijn linkerhand tot een stevige vuist. Die hersenloze agenten hadden hem alles afgenomen. Zijn precisiewapen, zijn verrekijker, zijn OK-pet, zelfs zijn riem. Zijn broek zakte steeds af. Geen wonder met dat eten hier.

Dirk van Kombast ademde diep in en omklemde twee tralies. Daar buiten in het donker stond ergens nog zijn tent. Als hij eerst maar eens vrijkwam, dan kon hij zichzelf en zijn zaakjes op een rij zetten. Hij zou uitrusten. Hij zou nadenken. Zijn precisiewapen moest verbeterd worden. Hij moest zijn observaties en belevenissen op zijn laptop vastleggen. Hij had zo veel te doen. Als hij eenmaal vrijkwam...

Lang kon het niet meer duren, dacht Dirk van Kombast.

Of toch wel...?

Woordenboek Vampiers

Het Vampiers is een van de oudste en moeilijkste talen ter wereld. En anders dan je misschien zou verwachten: het is een zeer beschaafde taal. Zelfs scheldwoorden hebben nog een mooie klank. En een vampier zal zijn slachtoffer bijvoorbeeld altijd netjes met U aanspreken.

Er zijn al enkele voorbeelden bekend van woorden die, vooral door zeer jonge mensen, in het Nederlands zijn overgenomen. Zoals gumox, boi noap en boibine.

Hieronder volgen de vampierwoorden- en uitdrukkingen die al in het Nederlands vertaald zijn. Geleerden zijn nog steeds bezig met het ontcijferen van de taal en gelukkig komen er nog steeds woorden bij.

Vampiers	Nederlands
aij!	ai, oeps!
azdio!	vaarwel!
azfugli	wegvliegen, vertrek, start
biblionyk	bibliotheek
boibine, boi	super, geweldig
boi fugli!	goede vlucht!
boi felishnuk!	hartelijk gefeliciteerd!
boi motra	goedemorgen
boi noap!	welterusten!

boi searo!	goedenavond!
boi venti!	hartelijk welkom!
bosch	slaan, stoten
budnyk	vampierwoning, lijkt op druip-steengrot
budnyk gurond	een budnyk die verankerd is in de bodem
budnyk kapoi	een budnyk, verankerd aan het plafond
datiboi	dank je wel
datiboi flatliac	de vleermuis zij dank
dinmid	mengeling van avondeten en middernachtssnack
do, doi	in
flatliac	vleermuis
flatliac kolossos	reuzenvleermuis
flopsen	onzichtbaar verplaatsen
foemps	hee!; krijg nou wat
fugli	vlucht
fugli noap	nachtvlucht
fuglu	vliegen, ik vlieg
gazetoi	krant
gumox	onzin
gurond	grond, bodem, onder
hirobyx	teek
hoi boi	alles oké

hugla	heuvel
infludenta	dodelijke ziekte
inima/inimo	hart
je	ik
jobju	jij
kapoi	hoofd, plafond
karpovka	borreltje
knok	begroeting door elkaar met de knokkels van de hand op het hoofd te timmeren
kolossos	reuzengroot, gigantisch
krötz jobjir suchoi murja	niet te vertalen, zeer fel scheld-woord, zoiets als: moge jij tot stof vergaan
lenoi mutza flatliac	van hard werken is nog nooit een vleermuis doodgegaan
lenoi	lui
melo	meloen
memu	maaltijd, eten
miloba	liefde
mobilnoi	mobieltje
moi	mijn
mordadente	hoektanden
motra	morgen
murja	stof
mutz	bijten

nici	nooit
nici doi viati	nooit van mijn leven
nicimo	niets
onu, zoi, trosch	één, twee, drie
pompfe!	help!
proba	proef
porci	konijn
porci-proba	proefkonijn
portokulator	laptop
pumflex	verdorie, vervloekt
rapedadi	snel een beetje
rapedosch	krachtig en snel
rapedosch bosch moi melo	al sla je me met een meloen
rodna	vaderland
rodnyk	stadhuis
ropscho!	oké dan
saikato	Transsylvaanse dans
schnappobyx	proost
schnappobix memu	eet smakelijk
searo	avond
skyzati	sorry
sni	ja
sni, je pnam!	ja, ik wil!
slotz zoppo	o nee!
subkrupt	kapotgaan
suchoi	vervallen, aftakelen

szef	chef
theatnyk	theater
Transsylvania, rodna inima moi	titel Transsylvaans volkslied: Transsylvanië, vaderland van mijn hart
ug	en
ultimo	ultra; heel erg
viati	leven
zapf	eens, keer
zensatoi futzi!	supermegawaanzinnig-fantas- tisch-sensationeel-verbluffend- goed
zjom	tot
znicnak	foetsie, weg

Zodra er meer woorden ontraadseld zijn, zal de woordenlijst worden aangevuld.

De vertaalster van De Vampierzusjes

(p.s. De vertaalster wil graag weten of er ook lezers zijn die al vampierwoorden hebben overgenomen in hun dagelijks taal- gebruik. Graag een mailtje naar info@uitgeverijholland.nl)

Het boek van de film

Daka en Silvania zijn nieuw in de Lindenstraat. Met een vampiervader en een 'gewone' moeder zijn ze wel een beetje anders dan andere meisjes. Na jarenlang in Transsylvanië gewoond te hebben, is Silvania blij dat ze eindelijk een 'normaal' leven kan gaan leiden. Maar dat is nog best lastig als halfvampier... Was ze maar een volbloed mens! Haar tweelingzus Daka zou het liefst met 2000 kilometer per uur naar Transsylvanië terugvliegen. Helaas heeft ze als halfvampier te weinig vliegkracht voor zo'n grote reis. Was ze maar een volbloed vampier! Als de zusjes de mysterieuze magiër Ali Bin Schick tegenkomen, lijkt hun wens in vervulling te gaan. Maar dan gebeurt er iets vreemds. Silvania krijgt opeens onweerstaanbare trek in bloedworst en Daka heeft plotseling vliegangst.

ISBN 9789025112165

Een vriendin om in te bijten

Een vriendin hebben ze nodig, zo snel mogelijk! Anders gaan Daka en Silvania
net zo lief meteen terug naar Transsylvanië. Daar kunnen ze tenminste gewoon
door de buurt vliegen en 's nachts naar school gaan. In de stad waar ze net
naartoe verhuisd zijn, is alles zo ingewikkeld.De eerste schooldag is meteen een
ramp, maar gelukkig is daar Helene - misschien wordt zij hun eerste vriendin in
de gewone-mensen-wereld?

ISBN 9789025111243

Een smakelijk avontuur

Daka en Silvania nemen hun vriendin Helene mee op een vliegtochtje boven de stad. Jammer genoeg eindigt het waagstuk in een dramatische noodlanding. En dat is nog niet alles, de tweeling moet ook nog een werkstuk schrijven over een museum. Saai? Het is maar hoe je het bekijkt. Want in het museum zijn ze per ongeluk getuige van een brute kunstroof. Ze moeten al hun vampierkunsten inzetten om het ergste te voorkomen.

ISBN 9789025111359

Een bijtend probleem

Vampiers in gevaar! In Transsylvanië is de mysterieuze infludenta uitgebroken: een griep die ervoor zorgt dat de onmisbare hoektanden van alle vampiers verschrompelen. Het enige redmiddel is het sap van een zeldzaam plantje, dat groeit op het graf van een machtige vampierjager. Daka en Silvania starten onmiddellijk een zoektocht. Er is echter een voorwaarde: ze moeten wel weer op tijd thuis zijn voor Silvania's eerste afspraakje.

ISBN 9789025111595

Hartsgeheimen

Daka zou het liefst een echte volbloed vampier zijn. Haar tweelingzus Silvania
droomt er juist van een normaal mens te zijn, in een normale stad, met normale
ouders... nou ja, bijna normaal zou al een hele verbetering zijn. De halfvampier-
zusjes vliegen elkaar regelmatig in de haren over deze kwestie.
Maar dan gebeurt er iets vreemds. Daka krijgt plotseling last van vliegangst en
ze kan niet van knoflookbrood afblijven. Silvania's hoektanden worden ineens
gevaarlijk lang en ze droomt van opa's beruchte bloedworstschotel. De schrik
slaat hun om het hart. Heeft de mysterieuze magiër die ze op de kermis hebben
ontmoet hier iets mee te maken? Worden ze ooit weer zichzelf?

ISBN 9789025112561

Boekbespreking?

Vraag gratis stickers aan voor de hele klas!
Stuur een mailtje met vermelding van het aantal kinderen in je klas
en je adres naar info@uitgeverijholland.nl

Oorspronkelijke titel: *Die Vampirschwestern - Ferien mit Biss*
Voor het eerst verschenen in 2009 bij Loewe Verlag,
Bindlach, Duitsland
Illustraties omslag en binnenwerk: Dagmar Henze
Typografie omslag: Ingrid Joustra

Nederlandse uitgave © 2014 Uitgeverij Holland – Haarlem
Vertaald uit het Duits door Leny van Grootel

ISBN 9789025112561
NUR 283

www.uitgeverijholland.nl
www.vampierzusjes.nl